58 岁，
幸福的生活才刚刚开始

珍惜 58 岁之后的生活！
精致优雅地老去——

（日）肖珂拉 著
张 军 译

辽宁科学技术出版社
·沈阳·

前　言

60岁以后，人们的生活方式会开始慢慢发生变化。

在当今这个时代，尽管60岁还不算太老，但也势必要迎来花甲这一人生的节点，体力和精力会逐年衰退。实际上，虽然身体没有什么疾病，但是你依然不知道将来会怎样……

如果有那么一天，我是不是会给两个儿子留下一堆烂摊子让他们焦头烂额呢？每想到此，我就决心规划好自己的余生，到那时尽量不给他们添麻烦。于是，我开始让自己的小日子变得简单，对自己的生活进行整理。只留下必需的东西。

如果说是生前整理还为时尚早，那么就权当是老前整理吧。

20年前，42岁的我开始了单身生活，从一幢只有一间厨房和一间卧室的房子开始。至于全部身家，只有一把椅子和三个衣橱，以及衣服、影集、身边的杂物等，仅此而已。

刚开始，既没有吸尘器也没有电饭锅，后来逐渐购置全了生活所需的床、餐桌、电视、冰箱等，至于现在住的公寓则是在开始单身生活的5年之后购买的。

因为我原本就喜欢室内装饰设计和小摆件，所以单身后放飞了这方面的梦想，家具和日用小物件也都置办齐了。

衣服也多了起来，衣橱里塞得满满的。

家具、衣服、书、餐具和杂物，在收拾处理这些东西的时候，从来没想过一下子将它们都整理好，往往都是兴致来了才进行整理。花了近两年的时间，才觉得数量刚刚好，然后就一直过着这样的日子。

当你想减少东西的时候，就不会再买无用的东西了。几十年来为了节约，我不厌其烦地记录了账本，但在去年我放弃了这个习惯。通过简素的生活，自己掌握了每个月以最小的开销来生活的方法。

我现在是一个靠每天打点零工来生活的普通阿姨。但并非过着只知节俭的乏味生活，而是在既不浪费钱又能享受生活的方法上下功夫。

如果什么都没有，那今后数十年的晚年生活该怎么过？尽管有时会有这样的担心，但如果我们能够珍惜当下的生活积极向前看，那生活自然会轻松很多。

　　如果这本书能对各位今后的生活有所帮助，我会非常开心。

目　录

第一章　向往未来的精致生活

⌂ 1　从辛苦的全职销售工作换成临时的兼职工作……14

⌂ 2　虽小，却足以安心的"我的城堡"……17

⌂ 3　单身生活了20年，已无惧前程风雨……22

⌂ 4　"老前整理"——用很少的东西实现精致的生活……24

⌂ 5　处理掉自己搬不动的笨重家具……30

⌂ 6　平时节约，该花就花，张弛有度……34

⌂ 7　互联网让世界变得更加广阔……36

第二章　将面积紧凑的房间设计得舒适宜居

⌂ 1　户型改造，让家住着更舒服……40

⌂ 2 让客厅成为身心都能得到休息的地方……44

⌂ 3 用透明窗帘将1LDK的蜗居隔出卧室空间……50

⌂ 4 巧用多功能的书桌书架一体桌……57

⌂ 5 房间里不能没有绿色……64

⌂ 6 满眼的幸福——凝视那些充满回忆的各种物件……66

第三章　只保留真正使用的物件

⌂ 1 花了2年多慢慢进行的物品整理工作告一段落……72

⌂ 2 "有的话可能会很方便"的东西基本上都"可以没有"……74

⌂ 3 衣橱里装的都是一直想穿的衣服……76

⌂ 4 既不想多花钱，又想要好衣服，那就网购吧……84

⌂ 5 在网上也能淘到跟新款一样的包包……90

⌂ 6 拥有4双同款的鞋子的理由……93

⌂ 7 内衣或小物件等用廉价品定期更换……98

⌂ 8 一直喜欢用箸方化妆品…… 100

⌂ 9 别样的奢侈——只用喜欢的餐具吃饭……104

⌂ 10 正因为是单身生活，所以备好防灾用品心里才踏实……108

第四章　厨房周边也要整洁精致

⌂ 1 让开放的厨房看上去漂亮干净……112

⌂ 2 厨房用具和餐具全部收纳起来，不摆在外面……118

⌂ 3 在百元店购买小包装调味料……122

⌂ 4 平时餐食极简，中午自带盒饭……124

⌂ 5 休息日和朋友、儿子们一起享受外餐的乐趣……130

第五章　关于金钱

⌂ 1　每月用12万日元来安排生活……134

⌂ 2　停止使用账本，利用预算制进行粗放管理……136

⌂ 3　将备用金作为临时支出……142

⌂ 4　做好储蓄以便放心进入仅有退休金的生活……146

第六章　如何享受自己独处的时光

⌂ 1　良好的生活节奏——周六外出，周日在家悠闲地度过……150

⌂ 2　每两周去一次图书馆借书……152

⌂ 3　撰写博客4年，它已经成为每天的动力……154

⌂ 4　去澡堂是冬天最开心的娱乐项目……156

⌂ 5 骑自行车远行，不花钱还能运动……158

⌂ 6 满足于眼前的幸福，便无压一身轻……161

第七章　珍惜每一天，优雅地老去

⌂ 1 步行是每天的运动……166

⌂ 2 上网观看广播体操的视频，想做就做……169

⌂ 3 幻想着那些退休后要做的事情……170

⌂ 4 若想跟人聊天，方式有很多……174

⌂ 5 担心晚年也无用，只需要过好今天……177

后记……180

第一章

向往未来的精致生活

1

从辛苦的全职销售工作
换成临时的兼职工作

恢复单身之后，我选择了全职工作，一开始从事的是销售工作。

我曾经在一家化妆品公司工作过，这家公司无论男女，只要有好的业绩，工资就会上涨。我转为正式员工之后，成为公司的首席销售，还曾经做过店长。

当时，我觉得这份工作很有价值并努力地工作着，但到了50岁之后，我感觉身体似乎要垮掉了，也许是因为工作时间长或整天面对数字这一无形的压力，整个生活都是以工作为中心。为了自己，是不是应该提前退休，在拿到退休金之前，找份比较轻松的兼职？基于这种心思，我在57岁的时候选择了离职。

之后，我通过职业介绍所找到了一份兼职工作，对于"打工阿姨"这一身份，尽管我已经有了心理准备，但是，一开始还是很难接受。

在分配给我的工作中，有不明之处向领导询问时，领导给我的回答是："你没必要考虑这些问题，你只需要做好让你做的事情就行了。"

在此之前，我可是手下有很多人，随时把握工作内容和流程，向他们发号施令的"领导"，但现在，对于公司来说，自己还有存在的价值吗？我曾经对此烦恼过。

我觉得自己遭遇到那些退休男性的窘境，但是，后来慢慢地习惯了，领导开始逐渐地将一些小的工作交给我去做。

我曾经听人说过，男性的名誉欲很强，对他们来说，工作上的职位是非常重要的。而对女性而言，比起职位，被认可才更为重要。

在我看来确实如此。就拿离职的那份工作来说，无论作为首席销售还是普通职员，自己亲自跑现场，工作的业绩受到周围认可给我带来的喜悦要远远大于当所长的那段时间。

2年前，在休假一周之后去上班的第一天，领导对我说："我很清楚你的可贵。"这句话令我非常开心，说明了他对我的认可，他一定觉得我平时一手承担的杂差工作，帮了他大忙了。那时的我觉得工作真是太好了。

如今63岁了，跟刚进公司时相比，我的脑瓜转得慢了，除了熟悉的工作，对于新事物的理解和接受能力变差，经常会出错。即便如此，领导也没有呵斥责备我，反而把这样的我当作宝贝来对待，因此，我一直怀着感谢之情工作着。

有时我也在想，到了这个年纪，就不应该再被时间束缚，而是自由自在地生活。因为工作只是为了挣生活费。但是，在工作中，我也感受到了每天过得有声有色和能够参与社会活动的价值。

然而，过了60岁之后，确实感到体力和精力都在迅速下降。于是，从这个春天开始，我将工作时间由原来的一周5天改为一周4天。

当然，工资会相应减少，而且维持生活品质也会变得困难，但是，这样的工作调整好像能让自己再多干几年。

🏠 2

虽小，却足以安心的
"我的城堡"

在我42岁的时候，和丈夫分居，独自一人离开了家。由于担心高中生的儿子们，我请当地的房地产经纪人给我介绍了一个距离原来的家较近的房子，这是一家花店的二楼。

由于花店的老板还有另一个住处，因此在晚上7点花店打烊之后和星期天，只有我一个人在那里。因为环境安静，感觉自己住的好像不是公寓，而是独门独院的2层小楼。

这是一个有小厨房和6张榻榻米大小（约9.7m²）的西式房间，还配有1个浴室，包括自来水费在内，房租是每月6.2万日元。

那时，下班后先去原来的家，为儿子们准备晚饭和第二天的盒饭，给他们洗衣服。3个人一起看看电视，其乐融融。孩子们回到自己的房间后，我就返回自己租住的地方。如此看来，那里是不折不扣的睡觉的地方。

这样的生活持续了4年，儿子们长大成年后，我和丈夫正式离婚。我不再去原来的家，而是儿子们来我这儿玩，我总会觉得房间就变得很狭小。在小厨房里做饭也很憋屈……

当我想搬到一个更大一点的房子而在附近的房产中介转悠时，附近的一个朋友拿来了一份新房出售的传单，对我说："你该考虑一下将来老了该怎么办了。"于是，就有了现在的公寓。

　　那时的我几乎没有存款，每天的生计都令自己疲于奔命了，因此，我从来没想过要买房子。当时的主打房型以3LDK★为主，而传单上推介的是适合单身、丁克家庭的小型高级公寓，这种房型在当时是很少见的。恰逢当时公寓处于最低价的时期，觉得最便宜的1LDK★，我也能买得起。

　　其实，购房前我有3个条件：一是要离儿子们住的房子近一些。二是可以步行到最近的车站。三是房贷自己要能够承受。由于这个房子满足了这3个条件，因此，并没有过多考虑房间户

★LDK：在日本，用"LDK"来表示房屋的格局，"L"代表起居室（Living Room），"D"代表餐厅（Dinning Room），"K"代表厨房（Kitchen）。因此"LDK"就代表了一间起居室+一间餐厅+一间厨房，如果要说得更加通俗一点，相当于我们说的"一室一厅"。

63 岁生日时，高中时的朋友送我的洋水仙。花瓶是在杂货店买的水杯，即便买个小东西都要考虑再三……

型和拉门、隔扇等是否是自己喜欢的，只凭传单我就决定购买了。平时"3LDK"前面的数字就代表着起居室的数量，用我们的话来说也就是"三室一厅"。

那个时候，还无法通过网络检索房地产信息。买完房子之后，才发现，应该在买房之前多看看，再仔细研究研究。其实二手房也可以。曾经因买了这套房一度情绪非常低落。

但是，也多亏有了这个房子，儿子们可以不用担心我的晚年生活。它成了我第二个"家"。

这个公寓1楼只有3户，以大厅为中心的3个方向上的3户，每个住户都是独立的拐角房间。听不到隔壁邻居的声音，楼上楼下住的都是单身的女性，所以很安静。

一开始我对这个房子并不满意，不规矩的房间户型也不讨自己喜欢，但住着住着就产生了感情。

公寓里有很多跟我同辈的单身女性，有几个是在买房时认识的。同一楼层还有两个比我年长的女性一个人生活。碰到的时候我们会停下来聊聊天，客套一下。

在这个公寓里，管理员是轮流当的，而且室内物品坏了需要自己修理，有时也比较麻烦。现在儿子们也独立了，住在不同的街区，所以也就没有那些非得住在这里的限制条件了。

话是这么说，但考虑到金钱和劳力等因素，我根本就没打算将来换个房子或租其他房子。这里有可能会成为自己最后的栖身之家吧。

周围的邻居们也给了我安全感，今后即便年纪更大了，有他们在身边我也能够放心地住在这里。

单身生活了 20 年，
已无惧前程风雨

经常有人问我一个人生活不寂寞吗？这20年间我从未觉得寂寞过。因为一直在工作，回到房间后一个人独处时，就有了放松的感觉。

不用在意任何人，在喜欢的时间吃自己喜欢的饭，看电视、刷网页、欣赏音乐，时间在不知不觉间转瞬即逝。

现在的这种轻松生活也不是从一开始就有的。在42岁自己刚刚单身的时候，还只是一个合同工，到手的工资不足20万日元。还要支付房租，根本就攒不下钱。也曾有过因考虑晚年的居所和生活，担心而辗转反侧难以入眠的夜晚。

但是，那个时候，我是这么想的。

"我活到现在，在某种程度上，想做的事情已经都做了。所以，即便死了，也毫无遗憾了。"有这种想法后，不安的情绪竟然消失了。我一直相信，无论什么事儿，如果努力了，一切都能变好。

幸运的是我成了正式员工，工资和奖金也一点点地提高了。几年前贷款也还清了。

　　虽然不知道几十年后会怎么样，但是现在我能和朋友、亲戚、两个儿子定期见面，发发邮件，这就足够了。

　　尽管是一个人生活，但有什么事情也有亲人和朋友们可以依靠。因此，我想今后也会和现在一样一个人生活，再也不会因此而感到不安。

4

"老前整理"——
用很少的东西实现精致的生活

　　我对室内装饰很感兴趣，虽然有些爱好也发生了变化，但对家具的喜爱却一直未变。

　　房间很小，本打算用最少的家具来生活，可是，有时觉得要是有某样家具会很方便，于是，餐厅配件、咖啡桌、储物架、多余的椅子等，各种什物一点点地增加着。

　　几年前听到过"极简主义者"一词。查了一下发现，真的有人靠很少的家具和物品生活。

　　虽然很简洁，但是对我来说不行。没有沙发、电视、电饭煲和微波炉的生活是很难想象的。我不愿意每天都穿同样的衣服，不想总是用同样的餐具吃饭。

　　但是，以此为契机，我突然心血来潮地想要整理房间。虽然我没觉得东西太多，但是还是想处理掉那些没必要的或自己不喜欢的东西。

　　我从图书馆借来几本有关收纳整理的书。我在整理时并不是照本宣科，而是根据自己的生活习惯去判断哪些是应该留下来的、哪些是应该扔掉的东西，自始至终都是按照自己的标准进行处理的。

说是生前整理还为时尚早，姑且称之为"老前整理"吧。

尽管我不认为自己会很快从这个世界上消失，但毕竟不知道将来会发生什么。如果我不在，收拾这个房间的应该是我的儿子们。我不想给他们添麻烦。

我重新审视了房间和里面的东西，开始留意尽量用最少的东西过简单的生活。

首先从大家具开始，接下来是那些容易整理的衣服、鞋子、包、器具和烹饪器具。通过断舍离，只留下自己喜欢的和必要的东西，现在基本上可以清楚了解自己所拥有的东西了。

在我小时候抑或是十几岁的时候，那是一个如果东西能增多，大家就会感到幸福的时代。

日本经济高度发展时期，还绝不是物质丰富的时代。当第一台电视、第一台冰箱、第一台洗衣机（滚筒脱水）到家时吃惊和喜悦难以言表。

那时，家具、电器、衣服、鞋子等很少有人够用，而且也很少有人会买新的。想起小学的时候，全家人都期待着元旦时能做身新衣服。

家具的摆放 10 多年都未改变。原来是床头靠近阳台，
沙发摆在电视的正对面，最近将家具靠在墙上之后，
房间的中央一下子开阔了，房间也显得宽敞了。

现在的年轻人一生下来在物质上就没有缺乏过，可以说是在优越的生活条件下成长起来的，而我们这一代则不同，我们知道拥有东西或东西增多时的幸福。我们这一代人大多很难下决心去丢弃东西。

　　只要有东西，它就会占地方，那些不常使用的厨房用具和餐具、已经不穿的衣服、不背的包包、不穿的鞋……处理这些东西比较简单，但是要把那些从过去一直跟自己到现在的东西处理掉是很困难的。

　　随着年龄的增长，那些饱含珍贵回忆的东西、喜欢的餐具和杂物、穿在身上会感到幸福的衣服、包包和鞋会越来越多。但是，能够拥有这些令自己心潮澎湃的东西，是一件非常幸福的事情。

　　自己的照片、儿子们的照片、年轻时的信件、喜欢的音乐CD，这些东西，我还未进行整理。我想等我再老一点，时间充裕时，再对这些东西进行整理。

重要的是不要跟不需要或不喜欢的东西生活在一起。

我一直认为，如果按自己制定的标准来处理物品，自然就会珍视自己喜欢的东西，生活会变得简单而丰富。

独居就更不用说了，在没有任何装饰的空荡荡的屋子里一定会寂寞的。但是，当你看到房间里那些有着回忆、自己喜欢的物品时，就不会感到寂寞。

处理掉自己搬不动的
笨重家具

决定进行老前整理之后，我首先从处理家具开始。

我家本来就没有大家具，于是我就想趁自己现在还有些体力，把那些即便没有也无妨的家具、自己搬不动的家具都处理掉。年龄越大，体力就越弱，会助长嫌麻烦的情绪。

我处理掉的有： 双人饭桌和2把椅子，储物架，4层柜（用书桌书架一体桌代替），大椅子，衣橱中的钢架。

以往通过改变家具的摆放位置，来享受房间改变的样子，现在看来，简直就是自己骗自己。丢弃掉这么多东西之后，房间一下子显得整洁起来。

将大件垃圾搬运到1楼的门口需要有足够的体力。我很庆幸现在能做这些事情。

房间里留下了7件家具，我想以后不会再增加或更换了，尽可能地不添置那些笨重的东西，连床也是小巧紧凑型的。

我都是自己做饭吃，一个人的生活，一般隔天就买一次东西，所以不需要大冰箱。因为空间有限，所以想把微波炉放在上面，于是就选择了小冰箱。

这个冰箱的门侧空间较大，冷藏室在冷冻室的下面，大小便于使用。亮点是我在越南旅游时作为纪念买的冰箱贴。

在无印良品购买的带腿床垫很小巧，没有沉重感，房间显得很整洁舒适。

4 年前在 Yahoo*花 8000 日元买的二手凯特·丝蓓。
包包虽然有点小，但是有大的外口袋。手提和挂肩
两用，非常方便。

　　另外，由于体力逐渐减弱，所以重新评估了一下随身物
品。第一个就是包包。不想再像年轻时那样携带很沉的品牌包
了，选择包包的首要标准是轻。

　　包包小还得能装东西，整理好里面的东西是关键，钱包和
化妆包等也本着轻和小的原则来选择。

★Yahoo:雅虎。日本的一家门户网站，是一家集合购物和资讯的平台，类似中国淘
宝和新浪合体的销售信息一体化平台。

晒一下上下班所携带的包中的物品。便当，折叠伞（视天气而定），里面装有冰咖啡的保温杯，零碎的东西放在小包包里，可以防止东西在包里散乱。

蛙嘴式钱包，里面的东西能够装得很紧凑，可以将零钱分开装，很方便。

⌂ 6

平时节约，该花就花，张弛有度

常言道"量体裁衣"，我想，今后的生活中需要的不就是这个"体"吗？

57岁以后，我选择了兼职工作，所以收入也有了变化，没有奖金，工资一下子少了许多，存款也没有了。但是，如果能拿到手12万日元，只需花点心思使生活水平与之相匹配就可以了。

为此，我选择在百元店和Yahoo购物，图书馆我也去了6年多。

在图书馆虽然很难读到新书，但是，花钱买的书却没什么意思，或者买完后觉得买错了，是不是更恼火？去图书馆看书就不会有这样的烦恼了。书也不会在家中占地方，偶然碰到的书可以轻松地借来看。我觉得不充分利用图书馆怪可惜的。

不仅是有关收纳整理方面的书，室内装饰指南和关于节俭的书，都是从图书馆借来看的。

话虽如此，如果只考虑节约和每个月的花销，日子就不会过得很开心。

就算是每天都吃便宜的饭菜，在附近散步的时候，如果路过瞧着就很好吃的店，我也会进去看看，坐下来打打牙祭。和家人、朋友见面，享受平时不吃的、稍微有些奢侈的美食。如果碰到非常喜欢的衣服和包包，即使价格贵一些，我也会买。

我一直认为有时不需要"量体裁衣"。

这种张弛有度的花钱方式，使自己能够在有限的预算之下幸福地生活。

🏠 7

互联网
让世界变得更加广阔

网络是不可或缺的存在。写文章上传到博客，浏览Yahoo 已经20多年了，似乎已经成为自己生活的一部分。

在网上，可以搜索美食店、旅行等方面的信息，利用网上地图确认地点，看最新的新闻。想买什么东西时，先在网上查种类和价格。如果单凭图片难以判断，也可以在实体店对商品进行确认，然后再上网找卖价最低的店。这对节约有很大帮助。

在Youtube*上寻找老电影和电视剧看，把喜欢的老音乐连接到音箱上去听等，有很多不花钱也能享受到的乐趣。

最近，很喜欢用图书馆的预约服务。检索想看的书，放入预约筐之后，预约的书可以由区内的任何一家图书馆邮至离自己最近的图书馆。书到后图书馆会用邮件通知我，我没时间去取时，还可以替我保管一周，在休息日去取就可以了。

★youtube：油管。是世界上最大的视频分享网站。在Youtube上可以观看到众多免费的视频和一些很受欢迎的日本综艺节目。

智能手机已有 7 年的使用历史了。但是，我还是不能熟练地使用它。主要是利用 LINE[*]与朋友和熟人进行联系。LINE 用起来非常简单轻松。

　　热门的书籍还可以进行预约等待，也能够知道目前有多少人预约该书。

　　在家的时候，主要还是使用屏幕较大的电脑，在上班的电车里或者午休时，用手机看看新闻，利用LINE和朋友交流一下。

　　尽管有些东西需要用眼睛确认，用手触摸，但是，考虑到网络上的各种各样的信息会给自己带来莫大的帮助，我想今后会更加灵活地利用网络资源。

★LINE：是风靡日本的一款即时通信社交软件，相当于我国的QQ、微信。

第二章

将面积紧凑的房间设计得舒适宜居

1

户型改造，
让家住着更舒服

　　我住的是16年前买的1LDK（一室一厅一厨）的房子。

　　房子是一个每一层的面积和布局都不一样的只有3户人家的小公寓，以电梯大厅为中心，每一个房间都在转角处。走廊、厨房、浴室都有窗户。

　　因为是西南朝向，早上没有阳光，但是下午很明亮，透过对面的公寓间隙能看到美丽的夕阳。

　　房子的面积大约42m²，由于是变形的房间布局，所以走廊的面积比较大，起居室的面积实际上不足25m²。走廊的面积真的是一种浪费，对此我一直很不满意，要是客厅能再大一点就好了。但是，有一次，检查煤气的师傅对我说："这条走廊既明亮又宽敞，真是棒极了。因为玄关并不直接挨着房间，所以感觉很宽敞。"

　　从那以后，我开始觉得有多余的空间也许是一件好事。我现在很喜欢这个房子的布局。

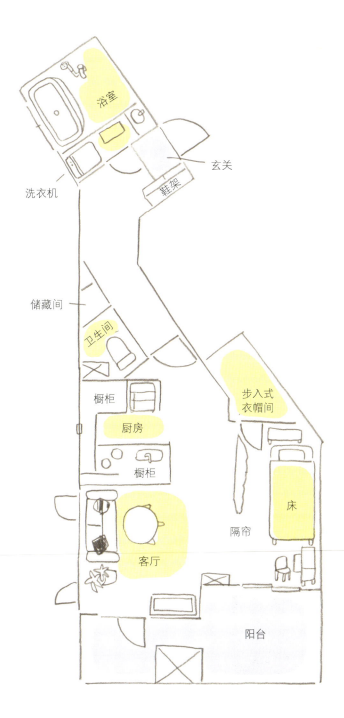

浴室

玄关

鞋架

洗衣机

储藏间

卫生间

橱柜

厨房

橱柜

步入式
衣帽间

床

客厅

隔帘

阳台

从玄关处所看到的走廊。布帘的后面原本是开放的储物间。里面的东西看起来比较杂乱，所以用布帘来遮挡。

里面放着电风扇和纸巾等杂物。最上层里侧装的是儿子来住的时候所用的床垫。

从入住时就开始使用的镜子。挂在墙面较宽的客厅入口，可谓是一处亮点。

玄关的一角。上面放的是 3 年前和妹妹一起去冲绳时买的纪念品琉球狮子，沉静的茶红色是很少见的。

2

让客厅成为身心都能得到休息的地方

　　因为是单间，所以除了床，整个房间都是客厅。摆放着沙发、餐桌、电视的客厅空间也就10m²左右。若是沙发床，就足以在这个空间里生活了，特别是休息日要在这个房间度过很长时间。

　　倚靠在舒适的沙发上，一边吃着点心，一边看电视、看书、上网。这是最幸福的时刻。

　　在这里听音乐、吃饭、睡觉，这是一个让人心情愉悦、尽情享受、身心可以得到放松的地方。

因为有时会坐在地板上，所以地毯是必需品。我找
了一个跟摩洛哥贝尼奥雷恩菱格图案很相似的地毯。
缺点是白色底色，脏了会很显眼，但是触感很好，
无意间就成了房间的亮点，我非常满意。

沙发

沙发是休息放松的地方。现在用的是无印良品*的双人沙发。上面罩的是象牙色沙发套，使房间看起来更宽敞，选择沙发时，我最看重的是沙发套的拆洗。我选择了带扶手的配有抱枕的沙发，以便代替靠背或枕头进行休息。

无印良品的沙发完全满足这个条件，所以现在用的是第二套。已经使用了12年。

第一套沙发是氨基甲酸乙酯材质的，使用4年后更换为毛绒材质的布艺沙发。布艺沙发有着不一样的松软感觉。

处理第一套沙发时，觉得将它作为大件垃圾扔掉有点儿太可惜了，于是我把它拿到Yahoo上出售，条件是买主自提。

由于无印良品很受欢迎，因此成交价格我也比较满意，我现在还记得，当时是一个小哥哥开着轻卡跟朋友一起来提货的。

★无印良品：是一个日本杂货品牌，在日文中意为无品牌标志的好产品。产品类别以日常用品为主。产品注重纯朴、简洁、环保、以人为本等理念，在包装与产品设计上皆无品牌标志。产品类别从铅笔、笔记本、食品到厨房的基本用具都有。最近也开始进入房屋建筑、花店、咖啡店等产业类别。

餐桌

以前，家里有一个2人吃饭用的小餐桌和一个摆在沙发前面的咖啡桌。大约在4年前第一次整理家具时，都处理掉了。

取而代之的是，在Yahoo上发现了一款直径80cm、高35cm，类似矮腿儿饭桌的胡桃木圆桌。尽管不是新的，但是没有破损，花1万日元很划算。

之前用的咖啡桌也是圆形的，4条腿儿很碍事。刚买的时候，参考的是美国电视剧《欲望都市》中凯莉房间中的桌子。桌腿儿能从中央向四方伸展，用起来很舒服，非常喜欢。

年纪大了以后，坐在地板上会很难受，于是想换个与沙发高度一致的桌子。那时，最想要的是北欧复古风格的柚木桌子。

房间里 1m 宽的地方正好适合放这个电视柜。它有深
大的抽屉，还配有 DVD 架，方便使用。

电视柜

　　入住时，在东京巴黎春天银座(Printemps）的地下室内装饰
店买的电视柜，到如今已经使用了16年。

　　当时巴黎春天的室内装饰品卖场有很多，地下商场摆满漂
亮的家具，另一个场馆售卖直接进口的杂货和餐具等，是一个
令人目不暇接的开心卖场，就算是不买东西，我也经常去逛。

　　这个电视柜是我所喜欢的深褐色，价格很贵，如果是现
在，我是绝对不能出手的，但是当时因为要放在新房子里，所
以一激动就将它买了下来。

在网上找到的小尺寸移动台式电脑桌，带滑轮很方便，价格不到 4000 日元，很便宜。

移动台式电脑桌

写博客、上网、听音乐……都要使用电脑。

因为大部分时间都是坐在沙发上使用，所以这个能调节高度的桌子已经使用10多年了。

最合我意的是它带滑轮，而且大小和笔记本电脑正好匹配。

只是，我总感觉不锈钢材质以及白色与家里的风格有违和感，所以想换成木纹的。但是，一直没有找到自己满意的。不管怎么说，这是一张便于使用的桌子。

用透明窗帘将 1LDK 的
蜗居隔出卧室空间

用作卧室的房间，原本有3个隔间用的折叠门。但是，因为是一个人生活，所以几乎没有使用隔扇的机会，一直是敞开着的。

在较厚的木板上，镶有切割成小块玻璃的折叠门，折叠起来以后也会很厚。我想充分利用折叠门所占的这一部分空间，在10年前，我一狠心就请工人将它拆掉了。有人觉得拆掉折叠门怪可惜的，这样做真的好吗？

的确，如果卖这个房子时，没有隔断，可能是很大的减分点……

这么一想，可能有点儿后悔，但从自己的使用感觉来讲，拆除掉折叠门是一个不错的选择！

如果将房间隔出四五张榻榻米（7~9m²）大小的卧室和10张榻榻米（17cm²左右）大小的客厅，身处其中的人会有压迫感。反过来，如果是一个整间，不管是在床上躺着还是在任何地方，都可以看电视和挂在墙上的钟。

不过，有点儿挂怀的是，一进屋就能清楚地看到床。

在入住时购买的玛丽马克（MARIMEKKO）牌被套。
因为是限量色，现在已经买不到了，实在是很遗憾。
虽然已经褪色了，但是布料很结实，还可以使用。

枕套。照片中的枕套
是用前面所说的遮挡
走廊储物间的挂帘剩
下的布料做的。只是
简单地手工缝制成袋
状而已。

用伸缩杆将挂帘挂起来,
客厅里的人就看不到床
位啦。

从客厅所看到的床位空间。床罩大约是在 30 年前，花 1000 日元买的印度棉多用途床罩，结实耐用。

想放一个屏风来做个分区，但是找不到大小、款式和价格都合适的东西。本来就觉得隔断较大会碍事，就想出了把布从上面吊下来的方法进行分区。于是，就有了这个在Yahoo上发现的宽140cm的挂帘。

意大利产的布料，1200日元左右，因为太长，就将下边儿折了折，缩短到刚刚好的长度。布料的透明度类似磨砂玻璃，颜色也是象牙色。看上去也不显得很沉，能起到遮人眼目的作用。

轻便的床

现在使用的是第三张无印良品的带腿儿的床垫。因为第一张床垫在使用了5年之后，中央部位凹陷，就换了个新的。第二张床垫也在用了5年左右发生了同样的现象。难道是臀部、腹部、腰部太沉了？

或许床垫是消耗品的缘故吧，也就不那么介意了，第三张床垫的价格更便宜。

由于卧室的墙壁不是直的而是斜的，所以选择了不带床头的带腿儿的床垫。也正因为如此，没有了床的感觉，但对于单室的房子来说，干净整洁是最重要的。由于没有木制的沉重床头及框架，所以很轻，挪动起来也很轻松。

床垫上的腿儿高12cm。从第一张开始使用的都是同样的东西，只需更换床垫即可。现在的床垫是在无印良品搞优惠活动时购买的，免费送货，所以很轻松地就更换了。

台灯是我当时所喜欢的
B-COMPANY*的产品。
光线柔和，也可以用作间
接照明。

（左）床头柜的抽屉里放着护手霜
和化妆包。最里面是发生灾害时所
用的塑料袋。（右）背面是插座的
插口。电线缠绕整齐。

床头柜和台灯

从年轻的时候开始，我就不喜欢早起晚睡，睡眠时间如果
不够，整个人的状态就会不好。

另外，我一直喜欢在睡觉前读书，所以10点半到11点之间
会上床躺下。

一天结束后，在床上看书30分钟到1个小时，是单身生活的
一种幸福。

枕边有床头柜，是配合斜墙而买的小柜子。

★B-COMPANY：日本品牌。生产和销售使用自然素材制作的家具、具有东方风
情的室内装饰用品（译者注）。

这个床头柜是4年前在Yahoo淘到的。一件新品，5500日元已经很划算了，下单后送来一看，竟然是KEYUCA*的产品。宽33cm，深45cm，小巧精致。

因为背后有电源插口，就更加喜欢了。有插口的话，可以用来给床头灯和手机充电，非常方便。

桌上放着床头灯、闹钟、小手电筒、书、睡觉前看书用的老花镜。睡前要给手机充电，除此之外，尽量不放其他的东西。

床头灯是入住时买的。因为亮度可以调节，角度也可以改变，对于有睡前在床上读书习惯的我来说，是非常方便的。

虽然使用了16年，但是复古的氛围让人百用不厌，有时还会将灯罩拆下来清洗，一直精心地使用着。

★KEYUCA：日本本土家居品牌。除了经典的餐具及各种生活杂货外，舒适自然风格的布质、木制家具，以及各种室内装潢用品使其成为备受欢迎的明星产品（译者注）。

⌂ 4

巧用多功能的
书桌书架一体桌

大约在5年前，我在神田万世桥Ecute*闲逛时，一眼就看中了北欧杂货店里的书桌书架一体桌。由此就喜欢上了北欧风格的室内家具。

之前，我喜欢的是亚洲风格的室内家具，后来，感觉B-COMPANY里面的家具具有复古感，便选择了深褐色的家具。我被特定年份柚木的浓淡适宜的褐色美丽木纹迷倒了。

我以前就喜欢书桌书架一体桌，结婚的时候买过，但说到底只是利用了其作为书桌的功能。这是一件具有柜子、写字台、收纳架等多种功能的家具，我觉得很适合在小房间里使用。

那时恰逢我开始整理房间。原来在床角放着4层柜，上面摆放着镜子，沙发旁边有摆着小物件和杂物的托盘式迷你桌。我觉得把它们处理调换成一个书桌书架一体桌，房间就会宽敞很多。

★Ecute：是JR东日本集团经营的站内商场。不用出站，就能享受时尚、料理、杂货等购物乐趣（译者注）。

当时我刚转行做兼职，对我来说，书桌书架一体桌简直就是奢侈品。虽然一直觉得自己买不起，但是过了2年之后，想要它的心情也没有改变。

这期间也在网上浏览了售卖复古品的店铺和北欧博客。同样是书桌书架一体桌，但宽度、高度、抽屉数都各不相同，有的还有镜子，款式也各不相同。价格还是一如既往地高，自己还在犹豫是否会有人买的瞬间就被卖出去了。

好不容易二儿子在Yahoo帮我找到了，大小和款式都很理想，左侧的3层小抽屉非常方便，包括运费在内才花了8万日元。

可能是维护不到位，底部最上方的抽屉支撑很不牢固，将它拉出来需要一点儿小窍门，所以里面放了些平时不怎么用的东西。

藤椅的坐垫套是用 15 年前因为尺寸原因而无法穿的紧身裙改制的。因为是丝绸，手感很好，我很喜欢。

书桌的最上层抽屉，开关不顺畅，放些平时不用的东西。例如，备存的毛巾手帕、过季的手套和扇子等。

第三层抽屉。从左到右依次是枕套、家居服和睡衣、尼龙包、稍大的钱包、围巾以及旅行或去澡堂时所用的替换衣物。

　　和以前使用的4层抽屉柜相比，现在的3层抽屉柜，高度低了，收纳能力也下降了。所以，需要相应地处理掉一些物品。

　　这些几乎和我同龄的家具，一想到它们是从我未曾去过的遥远丹麦几经辗转来到我的身边，就越发喜爱起来。

　　家具类的东西，对于喜欢的人来说，具有远远超过一个物件本身的价值，所以一直觉得当时能下决心买下来真的太好了。

在它的旁边享受着柚木的芳香，晚上写写东西，早上化妆。给每天的生活增添了别样的情趣。

记录账本、为食谱而写的购菜笔记、偶尔写的信息卡片等，不知为什么，这些笔头工作总想坐在椅子上完成。

以前用的是餐台，如今有了这个书桌书架一体桌，笔记本和钢笔都摆在眼前的书架上，用起来非常方便。上面还放着化妆用的小镜子和化妆包等物品。

桌子的那部分平时一直都被整理得很整洁。使用的时候会有一种莫名的兴奋感，这也是我喜欢它的原因。

买了这个书桌书架一体桌之后，就迷上了北欧风格的家具，想再买一个特定年代的复古迷你柜。

我想把它摆在起居室的入口处，上面放包包，抽屉里放些文件什么的，但又感觉好像不太实用，如果仅作为装饰柜来使用，那么对家具的处理就变得没有意义了。

于是，便不再想把东西放在客厅入口的空间里了，持续两年的热情现在冷却了。说不定啥时候又想要了，等到那时我会再好好考虑的。

另外，虽然一直向往北欧设计，但这里毕竟是日本。以自己的方式，混搭着自己喜欢的东西的室内装饰是最好的。40多岁的时候喜欢的让人联想到夏天炎热的太阳的亚洲风格杂物，一直喜欢的摩洛哥风格图案等都被我装饰在室内了。

　　写字椅并不是柚木的，而是一把用了30多年的藤椅。那是和朋友游玩时，在镰仓一家商店碰到的，一眼就喜欢上了，果断出手买了下来。

　　当时是和餐桌一起售卖的，但是因为很喜欢家中松木材质的餐桌，所以只买了4把椅子。时间长了，就只剩下这一把。

　　最近很少有人会使用藤条家具了，但是它很轻便，打扫房间的时候也很轻松。

为搭配书桌书架一体桌而买的小巧的雅各布森灯。
虽然很贵，但太想要这款灯了，于是，就办了乐天卡，
用办卡所得的积分，只需半价就入手了。

房间里不能没有绿色

客厅里的丝兰树是高中时代的朋友送给我的搬家礼物。以前，房间里有很多家具，起初树很小，所以就将它放在玄关的走廊里。后来长大了，就移到了阳台上。

因为树干长得太长，叶子过于茂盛，所以中途修剪了一次，对客厅的家具进行了整理之后，又重新搬回到屋中。

这期间，换了三四次花盆，现在摆在沙发旁边，煞是显眼。16年来从未打蔫枯萎过。我一直想给它换一个更漂亮的花盆。

厨房的小窗台上摆着小植物，但是没有贵的，是在DAISO★买的两棵仙人掌和在NATURAL KITCHEN★买的榕树。除此之外，有时还会放一些小盆栽，欣赏它们的颜色。正因为是物件减少了的简素房间，所以觉得更需要植物的绿色。

★DAISO：大创。是日本百元店的元老。品牌产品以经典的家居生活为元素，包含家居类、美容类、收纳类、餐厨类等（译者注）。
★NATURAL KITCHEN：自然厨房。是日本一间均一价杂货商店。几乎都是乡村风、田园风的小物，主推厨房用品、浴室用品、食器、居家装饰、香氛类等（译者注）。

挂在窗户上的是马达加斯加茉莉。
悬挂式花盆是在 NITORI* 购买
的。我非常喜欢看藤蔓朝自己喜
欢的方向生长的样子。带光泽的
花朵，洁白纯净，优雅芳香。

厨房的小窗是我喜欢的地方。摆
上小小的绿植，做饭的时候看上
一眼，整个人都有被治愈的感觉。

★NITORI：中文名"似鸟"。日本最大的家具和家居用品连锁店。

满眼的幸福——
凝视那些充满回忆的各种物件

　　放在地板上的家具减少之后，整间屋就变得干净利落，但是如果过于简洁也会让人觉得不舒服，会感觉不够温馨。选好位置，用自己喜欢的或有重要回忆的物件进行点缀，整间屋就会变成你喜欢的样子。

　　房间中央的柱子上挂着两个手工制作的小架子，上面摆着值得回忆的小物件。

　　沙发旁边的餐边柜上，摆放着儿子们小时候的照片。和他们一起的，是我已故父亲的照片，他的眼中充满幸福。

　　儿子们小时候的照片有很多，我会偶尔更换一下。我总是坐在沙发上看着这些照片，因为，不管他们到了什么年纪在自己的心中依然还是小孩子。

　　书桌上面放的是让人怀念的老鹰乐队的黑胶唱片。

　　玄关的架子上，放着长子初中时画的画，上面画的是父亲遗忘在我家的香烟。上面还摆放着和妹妹一起去冲绳旅行时买回来的琉球狮子，摆在那里好多年都没动过。

这个用废料制作的小装饰架是我在 Yahoo 淘到的。2
个花了 1100 日元左右。上面摆的是儿子给我的礼物
和旅行时买的纪念品等，每一个都充满了回忆。

挂在墙上的是小儿子初中时的美术作品。他说是照着自己喜欢的 The High-Lows ★ 乐队的 CD 封面画的。亮点是橙色和黑色的色调。

这个也是小儿子的作品。把牛仔裤的补丁口袋画在纸板背面。现在挂在床边的墙上。

目前，还没有对照片进行整理，随身携带的笔记本里只放了一张儿子们小时候的照片。

生活得久了，也就有很多回忆。看着它们，怀念之情油然而生，当时的一幕一幕会在脑海里浮现。这些照片都是我永远珍藏的。

就这样被回忆包裹着，一点儿也不会感到寂寞。

★ The High-Lows：日本摇滚乐队。代表作《心中动荡不安》是日本著名动画片《名侦探柯南》前30集的片头曲。

夹在笔记本里的儿子们小时候的照片。短裤能让人
感受到年代的气息。时常回视，便沉浸在回忆中。

有很多相册，平时放
在鞋架的空格上。

第三章

只保留真正使用的物件

花了 2 年多慢慢进行的
物品整理工作告一段落

当我以精致的生活为目标，只想拥有需要的东西的时候，突然发现不需要的东西、不用的东西多得令我吃惊。就连那些不舍得处理掉的东西当中，也有很多即使没有了也不会再想起来。这时，才知道我是多么浪费空间了。

如果是宽敞的房子，即使多了一件大家具也不会觉得碍事。而在狭窄的房间里，哪怕只少了一件小家具，也会变得比想象的要整洁利落，而且，更重要的是打扫起来会轻松许多。

里面还有富余的抽屉用起来会比塞满物品的抽屉更方便。衣柜中的隔间也是如此，与塞得满满的相比，空空荡荡的能够使人一眼就能看出里面有什么，衣服还不会起皱，这样你就能很用心地对待每一件衣服。

减少衣服、包包、鞋子、餐具……不可能一蹴而就，在想整理时去做就可以了。我花了2年多的时间才变成了现在的模样。

最近，我觉得自己终于找到了最好的状态。但是，如果心情和环境发生变化，今后还需要对现有的物品进行重新审视。

也有一些东西，虽然觉得不需要，但也不舍得扔掉。

为了便于洗涤和打扫，决定撤掉垫子之类的东西。于是，果断地将厨房和厕所的垫子处理掉了，不过，玄关的垫子是我所喜欢的带有回忆的东西。我在轻井泽的直营店一眼就相中了它，住在这个房子之后一直都在使用，也就不舍得丢弃。

开始，我没有把它扔掉而是收了起来，但是，在对物品进行持续整理的过程中，我意识到只是单纯地为减少而减少是没有意义的，于是便将它放回到原来的地方。

从外面回来的时候，它能比地板更温柔地迎接我的双脚（p.97）。它的颜色和图案，即使过了20年也不会令我厌倦，每次看到它，都会令我感受到家的温暖。

"有的话可能会很方便"的
东西基本上都"可以没有"

我经常在百元店购物，但是只买需要的东西。闲逛时，会发现厨房用品和清扫用品特别多，其中有很多看起来用着很方便的东西，便产生购买新产品的冲动。

也有一些东西，当时觉得很方便、很好用，就买了下来，而实际上只使用过一两次就束之高阁了。那些觉得会很方便的东西，就算是没有也是可以的，所以这样的东西不是必需品。我已经养成了只买那些必买品的习惯。

现在，不仅在减少那些不需要的东西，而且觉得买那些东西是一种浪费，就跟扔钱一样。

厨房家电中，处理掉的是榨汁机和咖啡机。

它们都是买东西给的赠品。不仅占地方，而且颜色也不是我喜欢的。虽然用了几年，但也只是偶尔使用而已。觉得没有也可以，于是就扔掉了。实际上，就算没有了也完全没有影响。

相反，唯有烤面包机是处理掉以后认为"还是有必要的"而重新购买的。

因为可以用微波炉烤面包，所以当时就将烤面包机处理掉了。

家居品牌 AMADANA*（艾曼达）与 BIC CAMERA*（必客家美乐）共同研制
的 TAGlabel 牌烤面包机。紧凑型尺寸，设计简约，只有计时器按钮。电饭锅也
是同系列的。

　　但是，早上烤面包的时候不能用微波炉。面包烤好后微波
炉内会很热，短时间不能使用。

　　最重要的是烤面包机烤出来的面包更好吃。

　　被我处理掉的烤面包机用了好几年，当初买它的时候并没
有看重颜色，只是因为便宜就出手了。

　　我并不后悔将其扔掉，但通过这件事，我知道了自己生活
中什么是必要的、什么是不需要的东西。

★AMADANA：中文名艾曼达。日本原创设计小家电品牌。产品板块涉及电风扇、电
暖器、空气净化器、加湿器、除湿机、厨房电器、个人护理等系列产品（译者注）。

★BIC CAMERA：中文名必客家美乐。日本知名连锁电器商场，位于主要城市的车
站附近，提供照相机、电饭锅、美容家电、电脑、苹果产品、游戏机、玩具、手表、
酒类、药品、化妆品、高尔夫用品等（译者注）。

衣橱里装的都是一直想穿的衣服

刚开始一个人生活的时候，拥有的东西并不多，唯有衣服是例外。因为喜欢西服，又是做销售的工作，所以衣服可能比别人多一些。

现在的房间很小，我想让它看起来宽敞一些，本来就没打算放高大的家具，于是就没有摆放衣柜和挂衣架。

为了把所有的衣服全部收纳在衣橱里，决定买一件就扔一件，持续了一段时间之后，渐渐地发现即使买了新的，也很难取代旧的，衣橱里又被塞得满满的。

辞职之后换的是需要穿着制服的兼职工作，所以衣服也就不需要那么多了。索性就将做销售时穿的西装和夹克都处理掉了。在我开始对物品进行整理之后，我更是将工作服按季节实行制服化，这样，平时几件衣服换着穿就可以了。

去年夏天，我终于意识到，既然在单位要换上制服，那么上班和休息日也没必要穿不同的衣服了。由于不需要专门准备上下班时要穿的衣服了，又进一步减少了衣服的数量。

年轻的时候，喜欢打扮和购物。听到周围的人夸奖我穿得漂亮，自己就会很开心。因为打扮得漂漂亮亮的不仅仅是为自

己，也是为了让别人感到赏心悦目。

　　但是，随着年龄的增长，想要的东西也变少了，和年轻的时候不一样，感觉穿什么都不合适，也不再是可以随心所欲的自己了。话虽如此，我也并非随便穿什么都可以。为了自己，为了令自己感到舒服，我想我会一直保持拥有一颗时尚的心。

　　现在，衣橱里的每件衣服都是自己喜欢的，以后也会一直穿下去。哪个是夏天的裙子，哪个是冬天的裙子、针织衫、大衣，我对现有衣服可谓了如指掌。

衣橱

所有的上衣都用衣挂挂在衣橱里。换季的
衣服放在抽屉里。

裤子类衣物叠好后放在下层
抽屉中，方便取放。

如果犹豫要不要扔掉，就暂时放在行李箱里

也有很多衣服因为贵而舍不得扔掉，还有一些觉得或许还能穿而不知是扔掉还是该留下来。

此时，不要当场就处理掉，可考虑暂时将它们放入行李箱中留一段时间。一年打开两三次，如果都是些已经忘记穿的衣服，那时再把它们处理掉。此时，如果还在犹豫，就再放回箱子里。尽管我的行李箱中从来没空过，但旧衣服会渐渐减少。

现有的衣服

冬装

•上衣

毛衣类 5件

针织衫 4件

•裙子 2件

夏装

•（和服的）短外褂（初夏） 3件

•上衣

半袖罩衣、T恤 6件

半袖上衣 4件

•半身裙 4条

•连衣裙 1条

•裤子 3条

春秋装

•上衣

长袖针织衫 4件

长袖上衣 2件

•连衣裙 1条

•半身裙 3条

裤子类(夏季之外的全年适合)

•牛仔裤 1条

•其他 4条

外套及其他

•冬季风衣 5件

•春秋外套、开襟毛衣、开襟短外套 4件

•葬礼服、葬礼时所穿的外套 各1件

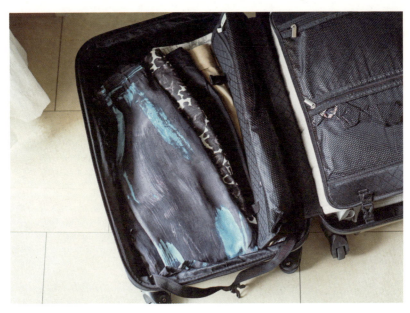

那些犹豫要不要扔掉的衣服暂时放在行李箱里。定
期打开看一看，其中也有一些有特殊感情的衣服，
很难下决心扔掉。

　　虽然我觉得大部分的处理工作已经完成了，但还是有一些
不需要的东西，现在是一天一舍。

　　不仅是衣服，平时不怎么注意的抽屉、厨房、玄关的里面
依然有未用过的旧东西、小东西。

　　试着找了一下，意外地发现还有很多没处理完的东西，我
带着做游戏的心态处理着这些东西。

　　即使不能每天都去处理，只要一直有这种想法，抽屉里也
会变得越来越整洁。

处理掉的衣物

穿了5年左右的裙子。还有因尺寸小而不穿了的及膝短裙。

上下班穿的及膝裙子。因为换了制服而不需要就处理掉了。

穿了5年多的上衣。因为太过皱巴，所以处理掉了。

不能洗的丝绸材质，不适合夏天穿，只穿两次就处理掉了。

做销售工作时比较喜欢穿的外套。觉得可能还会穿，但6年一次也没穿过。

虽然喜欢风衣，但是随着年龄的增长，穿上它会有违和感。

既不想多花钱，又想要好衣服，那就网购吧

10多岁的时候就喜欢打扮，到40岁的时候，究竟买了多少衣服和包包，自己都想不起来了。

如果把以前买的衣服都留着，甚至会将房间都填满。开始一个人生活之后，在节俭的过程中，我开始觉得，即使是为数不多的几件，如果是自己喜欢的好衣服，总穿也很好看。

但是，那样的衣服往往会贵得惊人。最近几年，只要有想要的衣服，我都会先到网上去看看。

我像年轻时一样喜欢赶时髦。那些每年都换衣服的职场女人们常常会将只穿过两三次的衣服，以2折或3折价格卖出去。买这些有品质、价格又便宜的衣服何乐而不为呢？

到了这个年纪之后，知道什么是适合自己的、什么是自己喜欢的衣服了，也就没必要那么赶时髦了。年轻人把几年前不穿的衣服拿到Yahoo去卖，我觉得这是一件好事，对彼此都有好处，也很环保。

当我在做销售工作的时候，穿着既漂亮质量又好的衣服，自己的工作积极性也能得到提高，这样的衣服是不能没有的。当时我忙于工作，没有什么乐趣，在Yahoo买东西可以纾解压

力，也是一种兴趣。

有人说他们不能穿不知道是谁穿过的二手衣服，但我很看得开，在非实体店的个人的展示品中，只寻找新品或接近新品的物品。从它过去的经历介绍或展示物中，可以了解到拍卖者是一个有什么爱好的人，可放心入手。

在选择衣服的时候，颜色和款式自不必说，我还很重视材质。另外，缝制的质量和穿着舒适性也是我所看重的。偶尔也会到实体店去查看自己在网上店铺看中的商品，看了实物后再决定是否购买。

便宜的衣服穿起来不能像年轻人穿着时那么漂亮。归根结底，我喜欢精品店所售的耐穿的质量好的衣服。

夏天的衣服多是棉布和亚麻布面料，有时也会穿感觉会很干爽的聚酯面料的衣服。适合紧身裤的上衣几乎都是在网上买的。从去年开始穿的长裙也是在 Yahoo 和 MERCARI*（煤炉）上淘的。

※MERCARI：中文名煤炉。是日本一个知名的二手交易平台，类似我国的闲鱼。平台活跃用户中家庭主妇偏多，用户使用 MERCARI 消费最多的是闲置衣物。

Yahoo 网购的冬装

对于冬装，我更重视它的面料。大衣穿着时间长，所以要找质地好，
款式漂亮的，这一点我是绝不妥协的。我喜欢羊毛和羊绒、羊驼混合
的面料，毛衣也是一样，因为很贵，所以更喜欢在网上购买。

那些在实体店买不起的东西，在网上，也能以"快时尚＊"的价格买到。而且还会有用便宜的价钱买到好东西的满足感。

虽然夏天也穿不易起皱的聚酯布料的衣服，但我还是更喜欢亚麻布、棉布的衣物，冬天喜欢羊毛、羊驼、羊绒等天然材料的衣物。

而且，因为喜欢穿可水洗的衣服，所以除了外套，即使是羊绒和亚麻的衣服，也不会拿去干洗。水洗后，虽然质感会有所降低，但穿得很舒服。

也有过违反洗衣标识而失败的情况，因此在买的时候，我会先确认一下能不能在家里洗，然后再买。

材质和缝制质量好的衣服可以穿很长时间，但是针织衫等容易起毛球，所以电动毛球修剪器是必需品。手臂内侧和腰围等处是容易产生毛球的地方，只需除掉毛球就可以使针织衫焕然一新。

★快时尚：快时尚又称快速时尚。源自20世纪的欧洲，快时尚提供当下流行的款式和元素，以低价、款多、量少为特点，激发消费者的兴趣，最大限度地满足消费者需求。

多年来一直喜欢使用的 TESCOM[★]（泰斯康）的毛
球修剪器。它是连接插座的款式,功率恒定便于使用。

　　我不会在网上购买裤子类衣物。因为单凭尺码标识是不知
道裤子是否合适的,必须要试才能决定是否购买。

　　我买的裤子都是些牛仔裤,或是可以和上衣搭配的瘦裤
子,一直在ZARA（飒拉）和优衣库、Shimala（饰梦乐）
购买。

　　在网上买的不仅有衣服,大部分家具也是以比市价低得多
的价格入手的。

★TESCOM:中文名泰斯康。是日本创意小家电品牌,创立于1965年日本东京都。日本
市场研发、制造、销售各种小型家电,包括料理机、吹风机、美容仪等(译者注)。

在网上也能淘到
跟新款一样的包包

即使上了年纪也未改变对包包的喜爱。尽管如此还是减少了很多，现在拥有的都是常用的包包。

想要的包包都很贵，转好几家店去找喜欢的包包会很累。而且，这个年纪，手里拿着一看就知道是新买的崭新包包，感觉多少有点儿尴尬……

我会在Yahoo或MERCARI上找一个用过不久，没有伤损的包包。因为喜欢包包，所以对包包也有很多任性的讲究。输入关键词之后，就会显示出符合关键词的很多商品，真的很方便。

以前喜欢名牌包，现在比起品牌，更重视皮革的质感和轻盈性、收纳以及易用性。

喜欢的皮革是山羊皮革和水牛皮革等材质。这种材质的包包轻巧耐用。

手里有3个皮革包。休息日使用的尼龙包有4个，会根据用途将7个包分开使用。即使是在Yahoo和MERCARI上买的，也都是新品或几乎没有被使用过的包包，所以这些包包已经用了好多年了。

上下班时常背的品牌包 genten（原点）。实体店店面价格接近5万日元，但 在 MERCARI 几乎跟新品一样的才1.5万日元。山羊皮革的材质很轻。

上下班、节假日等休息日外出时，骑自行车时，去附近购物时等，会按照不同用途，分别使用7个包包。

我无论是购买衣服还是包包，至今为止也失败过好多次。所谓吃亏长见识，现在网上购物时会仔细看图片、商品说明、评价等，能够进行慎重选择了。

　　我一直受益于Yahoo，因为它拥有每天生活所需的一切，尽管如此，有很多东西依然会拘泥于自己第一个使用的新品。

　　在考虑自己可支配的金钱的同时，我会继续在网上购物下去。

🏠 6

拥有 4 双同款的
鞋子的理由

　　衣服和包包可以在Yahoo和MERCARI上购买，但是唯有鞋子一定要在实体店里买。从来没有在网上买过。

　　即便同样的尺码，鞋楦也不一样，同样是运动鞋，也有松、有紧，穿起来的感受不尽相同。一定要在店里试穿后再买。

　　我不介意衣服和包包是二手的，但是别人穿过的鞋子是我所不能接受的。

　　我的脚有点变形，一直以来，找到合适的鞋子对我来说是一件很辛苦的事儿。一旦找到中意的鞋子，经常会买同样的或颜色不同的同款。

　　这几年来，甚至连平底的浅口鞋都不穿了，主要以运动鞋式轻便皮鞋为主。

　　p.95的照片，右边2双是藏青色的皮鞋，轻便易穿，所以后来又买了一双。旧的那一双脏了也没关系，一般会在散步时穿。

左侧的WAG设计的黑色皮鞋是前年在百货商店大甩卖时以低于半价的价格买的。因为它也很好穿，所以去年在网上打折时又买了颜色不同的白色。以两双加起来也不到一双的价格入手了。

　　只是，有时也需要穿稍微正式的鞋，所以也有两双低跟浅口鞋。就是下面照片中的那两双。

　　其中一双是平底鞋，走路很方便，所以过去做销售的时候经常穿。因为款式也是我所喜欢的，所以不能转手处理掉。

　　另外一双是10多年前喜欢的，买了两双。有一双已经穿坏了，但是剩下的那双舍不得穿，后来就一直穿运动鞋了。自己有双像样的鞋子，心里就踏实许多。

像运动鞋一样易于步行的皮鞋。右边的两双是完全
一样的。左边的两双几乎是同款，只是颜色不同。

左边和右边的鞋子是我在做销售的时候经常穿的。
中间的鞋子是我所喜欢的复古的纽扣和纤细的设计，
是第二代产品。

参加葬礼穿的浅口鞋是很久以前买的。一直都想买一双像样的佛事用鞋，但大概两年能穿一次，所以总是忘记去买。

　　我觉得要买就必须早点儿买。也许该把它写在欲购物品的清单上。

　　我年轻的时候就喜欢长筒靴，好像每年都买。最近，因为穿了长裤和长裙子，长筒靴几乎没有什么用场了，一点点地减少数量，现在只剩下了一双。

　　此外，还有一双雨靴。过去，我对所谓传统的土里土气的长雨靴很抵触，不过，现在有很多雨靴，它们款式非常像切尔西靴，既时髦又实用，还很便宜。在冬天可能下雨的日子也会穿上它来代替长筒靴。

除了代替凉鞋的平底鞋，其他的鞋子都尽量收起来，不留在门口。玄关处铺着自己最喜欢的入口地垫，它每天都欢迎自己回家。

7

内衣或小物件等用廉价品定期更换

内衣和打底裤等，一直都是定期地批量购买。

大约5年前的一个夏天，买了优衣库的BRATOP（罩杯式上衣），穿着很舒服，冬天同样穿用。从那以后，我一直在穿这个品牌的内衣。

喜欢无印良品的内裤。打底袜选择CECILE(赛诗丽)，经久不衰的经典打底袜质感好，价格便宜，几十年来一直很喜欢穿。为了节约，我也试过SHIMAMURA和DAISO的打底裤，但质量还是不一样。从那以后就不再见异思迁，因为是邮购，所以为了不花运费，按照纤维的粗细批量购买黑色和灰色的打底裤。

小物件类，经常会在DAISO购买。比如夏天的UV手套和遮阳帽，去年为了去郊游还买了毛线手套。购买一次性使用的物件，百元店是最佳选择。

记事本和流水账本等也是在百元店购买的。因为现在需要记录的计划不是很多，所以我很喜欢SERIA*（赛利亚）店里卖的小而薄的记事本，大小和易书写性都很令我满意。

---

*SERIA：中文名赛利亚。日本第二大折扣零售商。最近在日本非常有人气的一家百元店，几乎所有商品都是100日元(折合人民币约6元钱)（译者注）。

内衣类主要在优衣库购买。BRATOP（罩杯式上衣）穿着很舒服，反复购买了多次。

在百元店购买的用于远足的毛线手套，御寒效果很好。

做销售工作的时候，在厚厚的笔记本上密密麻麻地写着计划安排，但现在只要薄的记事本就可以了。

8

一直喜欢用
箸方化妆品

随着年龄的增长，肌肤方面的烦恼也在不断增加，色斑、皱纹、松弛、暗沉……这也是没办法的事，于是也就想开了。

因为新陈代谢变得缓慢，这是无可奈何的事。化妆品所起到的抗衰老护理作用也是有限的。就算买了昂贵的美容液，能长期使用它的人也不会很多。

我曾经在化妆品公司做销售工作，因为学过有关皮肤护理方面的知识，所以对皮肤的护理多少有些了解。最重要的是不要让皮肤干燥。

注意紫外线，防止长斑固然重要，但更重要的是防止皮肤干燥。干燥是造成皱纹、松弛、暗沉的原因。

这与我在研修时经常说的比喻是一个道理，那便是，活鱼和干鱼，哪个烤得更快？皮肤湿润的话，紫外线的危害就会减少，皮肤干燥的话，对紫外线的吸收就会变大。

我家是所谓的创意公寓，盥洗室也被设计得
很漂亮。

以前，短外套的口袋里一定要放吸油面纸，现在皮肤变得完全不会渗出油脂了。我甚至都忘了是什么时候开始不带了。没有的东西只能补充，所以要想办法避免皮肤干燥。

　　大约是6年前，在大丸百货举办的活动现场，我发现了箸方化妆品。在堆积如山的化妆品面前，很多顾客不断地往购物袋里装箸方化妆品。

　　凑过去一看，居然很便宜。心里想着这可不是在百货商店能卖的价格，抱着试试看的心态买了快要售罄的卸妆液和化妆水。

　　因为外包装朴素低调，也没有广告宣传，所以比药妆店的平价化妆品的价格还低。不仅如此，成分和使用感觉都令人满意。从那以后，就一直喜欢用。

　　由于只在网上销售，8000日元以上免运费，所以每四五个月凑单订购一次。

将化妆水和乳液重新装在一个用起来顺手的分装瓶中，放置在书桌书柜一体桌上。

右边是随身携带的化妆包，左边是放家里用的化妆包。即便是在家里，也可以用化妆包将化妆品整理好，这样，使用起来很方便。

　　一直使用的箸方化妆品有，卸妆液、护肤皂、美白化妆水、乳液、美容霜、润唇膏。一直都想使用一下抗老精华液和眼霜，因为现在的我更注重皮肤的保湿。

　　除了脸上使用的护肤品，也喜欢DAISO的润肤身体乳、护手霜等，只要价格合理且适合自己的化妆品，都会毫不吝惜地充分使用。

9

别样的奢侈——
只用喜欢的餐具吃饭

　　整理餐具类的契机是我开始收集ＡＲＡＢＩＡ★（阿拉比亚）
餐具。

　　3年前和二儿子一起去镰仓散步的时候，对木材座咖啡店端
出来的咖啡杯一见钟情。当时我并不知道ＡＲＡＢＩＡ餐具，只知
道一个劲儿地喊"好可爱""超喜欢"，于是儿子将这个杯子
拍了下来。谁知儿子却将这件事记在了心上，在我第二年生日
的时候将这种ＡＲＡＢＩＡ咖啡杯作为礼物送给了我。

　　在此之前，我不太了解北欧餐具，说起来，我倒是收集了不
少日本料理餐具以及西餐餐具中的wedgwood★（韦奇伍德）等。
以这个杯子为契机，开始一点点地收集ＡＲＡＢＩＡ的盘子和碗等日
常使用的餐具。在那之前，我就一直觉得自己一个人生活，餐具
太多了，于是下狠心将以前的餐具果断地处理掉了大部分。

　　由于儿子有时会过来吃饭，就买了两三个同样的盘子。最近
来得少了，想要的餐具，只买一件给自己用。如果使用的是自己
喜欢的餐具，即使是简单朴素的饭菜，也会让人觉得美味丰富。

★ＡＲＡＢＩＡ：中文名阿拉比亚。芬兰最著名的陶瓷厂。日本的主妇们真的是超爱北
欧的餐具（译者注）。
★wedgwood：中文名韦奇伍德。是来自英国的皇家瓷器品牌（译者注）。

ARABIA 是北欧芬兰的餐具品牌。设计简约，无论是日餐、西餐还是中餐都适合使用。

大部分都是阿拉比亚和丹麦家居品牌 DANSK 的餐具，中间左边的饭碗是我一直想要的，在冲绳旅行时入手的烧窑陶碗。其前面的茶杯是北欧日杂店 Flying Tiger*的产品。

厨房背面的餐具架上放着儿子们的马克杯和茶具。

厨房水槽下的最下层抽屉里收纳着平时不使用的餐具。

★Flying Tiger：源自丹麦哥本哈根的廉价日杂连锁店。主要以大约"10克朗"的小商品为主，在丹麦语发音里，Tiger除了"老虎"还有"10克朗"的意思，所以，Flying Tiger暗含10元店的含义。

现有的餐具

- 小碟(面包碟大小） ……………………………………………… 4个
- 中碟 ……………………………………………………………… 5个
- 大盘 ……………………………………………………………… 4个
- 深盘(汤、炖菜、盖饭） …………………………………………… 6个
- 大碗 ……………………………………………………………… 2个
- 咖啡杯类 ……………………………………………… 3个+3个(客人用）
- 小碗 ……………………………………………………………… 3个
- 小碗(更小些） ……………………………………………………… 4个
- 年糕汤碗 …………………………………………………………… 3个
- 茶杯 ………………………………………………… 1个+3个(客人用）
- 饭碗 ………………………………………………… 1个+1个(客人用）
- 汤碗 ………………………………………………… 1个+1个(客人用）
- 玻璃杯 ……………………………………………… 1个+2个(客人用）
- 小碟子(酱油碟） …………………………………………………… 3个
- 儿子专用的其他餐具，饭碗、汤碗、咖啡杯、茶杯、玻璃杯 ………… 各2个

10

正因为是单身生活，
所以备好防灾用品心里才踏实

由于是一个人生活，所以在家里遇到地震等灾难的时候，没人可依靠。因此，做好防灾的准备是很重要的。虽然无法做到充分的准备，但最基本的东西必须置备齐全。

房屋发生倒塌的危险情况还是少数，更多的是因煤气、水电、电话通信、交通等生命线的中断而被关在家里的可能性会更大。

在壁橱里放好能马上取出来用的避难背包，在家生活用的水和食品、便携式燃气灶和蜡烛、简易便器等都准备好放在厨房的收纳架上。

饮用水以外的生活用水，在10L的塑料桶里蓄水后放在洗脸池里，但是我觉得这样还不够，所以还在琢磨是否再增加一个。

我决定在每年3月11日和9月1日等日子检查饮用水和食品，防止过了保质期。

如果什么都不发生，那是再好不过的了，但至少是有备无患。

避难背包是在包店买的，最便宜的也是最大的。避难用品暂且备齐了一套，但里面没装食品，似乎准备得还不够充分……

为防备睡觉时发生地震，在枕边的床头柜上放着旧运动鞋和小手电筒。

第四章

厨房周边也要整洁精致

1

让开放的厨房
看上去漂亮干净

因为我拆掉了中间的隔断，变成了一个大房间，所以躺在床上的时候，厨房就在我的眼前，整个厨房尽收眼底。因此，水槽和燃气灶周围，尽可能地不放东西，一些烹饪器具用完后都收纳好。

经常在那里出现的只有碗碟沥水架、玻璃杯和菜刀、洗洁精分装瓶、放汤匙的杯子。

正对面的垃圾桶区域，长年的油污以及从没有盖子的垃圾桶里流出的黑色污渍，让人看了会觉得难以入目。几年前，我进行了小改造，贴了DAISO的砖花纹改造装饰贴。

将它们打理得整洁干净之后感觉很不错，但是正面厨台上的脏东西反而更显眼，让人揪心……

几个月后，这个部分以及厨台后面的墙壁上也贴了同样的装饰贴，并且天花板附近的横梁部分也都贴上了，整体变得明亮起来。

装饰贴的背面是贴纸，即使弯折了也可以重新粘贴，贴起来比想象的要简单。使用了22张30cm×80cm的装饰贴，花很少的钱就圆满地解决了这个问题。

　　因为烹调空间较小，所以并没有放沥水架。取而代之的是，由于水槽较大，我在BELLE MAISON★（倍美丛）买了一个平的不锈钢沥水架，自搬进来就一直在使用它。

　　沥水架宽50cm，洗完后，可以放置1~2个人所用的餐具，虽然是陈年旧物，但不打算换新的。

　　家里有一个可以同时收纳餐具洗涤剂和清洁海绵的洗洁精分装器，它的款式和功能我都非常喜欢。

　　以前，曾经在儿子的房间里看到过，不由得就学着买了一个。将洗涤剂和水同时放进去，以泡沫形式冒出来。因为还可以放清洁海绵，所以就将原来安装在水槽内侧的海绵架处理掉了。这样一来，水槽变得整洁利落，打理起来也很轻松。

★BELLE MAISON：中文名倍美丛。是日本千趣会旗下通信销售NO.1的女性时尚品牌，是以日本最大通信邮购目录的商品为中心的网上商店（译者注）。

因为是开放式厨房，水槽是完全可见的，因此，洗好的餐具要马上收拾好。菜刀是以前公司一位同事送给我的。

在 SERIA 买的三合一海绵。一直都尽量不使用彩色海绵，因为它看起来花里胡哨的。

炉灶的后侧。上面放着烤面包机的 ⊐ 形架子是我 DIY 的。这样能够有效地利用空间。

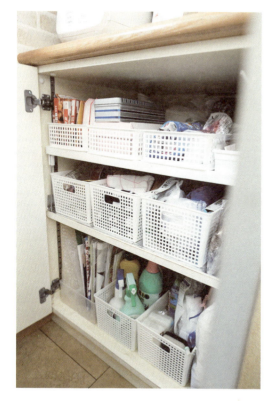

在固定的储物柜中，放着抹布和洗涤剂等清洁工具以及罐头等备存类物品。

用在百元店买的篮子代替抽屉。由于分类较细，储物柜的深处也能充分利用到，而且拿取方便。

2

厨房用具和餐具全部收纳起来，不摆在外面

平底锅、炒锅等厨房用具也减少了很多。餐具均收纳在水槽和煤气灶下的抽屉里。

有一个20cm的双耳锅用于煮意大利面、乌冬面，或做猪肉酱汤和炖菜。如右边的照片所示，现有的锅类厨具一共只有5个，这些就足够用了。

而且，平时一个人吃饭，通常使用的是18cm的雪平锅和14cm的奶锅。

勺子、筷子、食物夹等厨具装在陶瓶里，把碗和沥水盆等摆起来，找个空地方放置托盘和擦丝器等。

因为喜欢餐具，从年轻的时候开始收集了很多，不过，喜好变了，对于一个人生活的我来说，这些东西又太多。经过整理后，现在只剩下喜欢的、需要使用的东西。

现在有 5 个锅。一个人生活这些足够了。

水槽下面的上层是无须弯腰即可容易打开、关闭的地方。

我在这里收纳着饭碗、汤碗和小盘子。

最近几乎都是一个人吃饭，为了一次就能把要用的餐具全部拿出来，上层放的全是自己常用的餐具。

此外，调味料和铲刀等工具也一起放在这里，以便能在烹饪过程中马上拿出来。

每天预备做饭时打开上面的抽屉就可以了，轻松极了。这对于嫌麻烦的我来说是个好办法。

水槽下面的上层抽屉里，放着自己常用的餐具，这
个位置便于存取。

下层抽屉拿取不便，因此存放不常用的餐具。

百元店里买的"文件夹"里立着 26cm 的炒锅，
NITORI 的轻便 18cm 雪平锅。里面放着 コ 形架来增
加高度后，上面摆放有高 14cm 的奶锅和款式较喜欢
的 16cm 搪瓷单柄锅。

盒子里只放自己所用的刀叉
等餐具，其他备存的放在盒
子下面，容易取出。

在百元店购买
小包装调味料

酱油、料酒、菜籽油、面汁、芝麻油、柚子醋、蛋黄酱……调味料几乎都是在DAISO购置的。

起初对百元店售卖的食品比较抵触，但由于一直在用的那些厂家的产品在百元店里卖的都是小包装，所以就开始在百元店购买了。

一个人生活时，很难消耗掉较大的瓶瓶罐罐，而且大包装的食品经常会超过保质期。另外，收纳的地方也有限。

小瓶子的调味料虽然性价比不高，但能够用完，可以一直在保鲜的状态下使用，不用担心保质期。

小包装的调味料体积小，不占地方，还可以装进抽屉里。正因为小包装，它们才能放在水槽下面的上层抽屉里。

因为轻，使用起来也轻松。买回来的过程也不会成为负担。

吃饭时会将番茄酱和醋放在手边，它们的尺寸也不会碍事。最近，不再使用酱油壶了，而是直接将酱油瓶摆在饭桌上。

这个尺寸在超市买不到，幸好百元店有售。百元店里有很多适合单身生活者使用的商品。

调味料装在点心盒中放在水槽下面的上层抽屉里。摆在做饭时可以迅速取出的位置。

平时餐食极简，
中午自带盒饭

因为每个月的伙食费预算是2万日元，所以不能只买喜欢的食材。

每月月初我会将2万日元放入专门装伙食费的钱包里，看着余额在超市和便利店买食材。而且，因为喜欢吃点心，家里从来没有断过。预算的1/4左右都花在点心上了，但是都控制在每个月的预算范围之内。

平时的饮食非常简素。结婚到孩子们自立为止的20年，在餐食上可谓费尽心思，而现在的餐食是能简单就简单。

买一个人吃的食材，往往会产生很多浪费，下班回家后只为自己做饭更觉得麻烦……所以经常买很可口的即食咖喱或便利店的家常菜。

尽管如此，我还是想在儿子们来玩的时候看到他们开心的样子，所以我就做一些孩子们小时候喜欢吃的东西。既有简单的，也有精心制作的料理。

平时的晚餐

夏天经常做乌冬沙拉。在煎煮茄子上浇上面汁，做起来非常简单。

偶尔奢侈一下。鲣鱼卷是我的最爱。

想吃火锅的话，就用单人用的小砂锅来做，会连吃三天。

酱炒茄子和青椒是家常便饭。

我超喜欢的既简单又好吃的7-Eleven（7-11）便利店所售的速食汉堡。

尝试使用朋友送给我的食材制作的牛肉包饭。

令人吃惊的是，即使过了20年、30年儿子们也还会记得我做的菜。我非常喜欢听他们满是怀念似的说"真好吃啊"，也期待着在他们下次来的时候再给他们做。

　　早餐是咖啡、吐司、香蕉、酸奶等，每天都是如此。

　　午饭，我常年吃在工作单位订的盒饭，但是从去年开始，为了节约，就自带盒饭了。

　　也许是因为盒饭中饭菜兼顾，所以餐食才变得比以前更加朴素了。

　　盒饭的配菜基本上使用的都是头天晚上剩下的饭菜和冷冻食品。不仅有白米饭，还有速食的红豆饭和冷冻的烩饭等。它们很方便，有时甚至比自己亲手做得更好吃。

　　在工作单位订的盒饭量很大，经常吃不了而剩下来，但自己做的盒饭在量上可以调节，这也是自带盒饭的好处。

儿子来时的餐食

自创炒菜，使用多种肉类和夏季蔬菜以及各种调料制作而成。

大儿子最爱吃的青椒包肉，经常在他生日时做给他吃。

关东煮，即便自己已经连吃了好几天，在大儿子来的那天还会做。

炖菜也是儿子来的时候做的一道菜。

最常做的是麻婆豆腐和棒棒鸡的套餐。我自己一个人的话，是不会做的。

使用备好的速食牛肉洋葱沙司做的红焖牛肉盖浇饭。里面的是奶油拌饭。

　因为盒饭中有米饭，所以晚饭经常吃三明治、意大利面、拉面等面食。

　简单省事的饮食往往会导致蔬菜的摄取不足，西蓝花、茄子、青椒、小松菜等，在晚饭或做盒饭时也会常吃。生菜沙拉似乎会造成体寒，除了西红柿，几乎不吃生菜。

　为了保持健康，饮食必须要均衡。但是，与其过于精细地考虑营养价值，我觉得美美地享用自己喜欢的东西，会对身体更好。

盒饭

配菜少的日子，用拌饭料（鱼粉拌紫菜）做拌饭。

使用冷冻迷你炸肉排做的炸猪排盖饭。长方形的饭盒易于装在包包里。

因为喜欢红豆饭，所以家里会常备袋装红豆。这是用前一天晚上的炖菜和冷冻油炸食品做的红豆盒饭。

袋装什锦饭。炒青菜和叉烧是头天晚上做拉面的剩余。

晚饭所吃的炒荞麦面一定要做两份，一份当天吃，一份做第二天的盒饭。

袋装的鸡肉牛蒡饭与凉的玉米饼。

休息日和朋友、儿子们一起享受外餐的乐趣

平时，或是因为嫌做饭麻烦，还有考虑到节约，吃的东西比较简单素朴，但是，休息日就另当别论了。和朋友或儿子们出去的时候，我会找好吃的店，当然是自己能够承受得起的午餐，但是我不会太在意花多少钱，想吃就吃。

上个月的伙食费预算里，虽然包含了下班后一个人在外面吃饭的费用，但是因为觉得和朋友、儿子们在外面吃饭是一种享受，所以会从伙食费以外的生活费预算中挪用4万日元。

虽然还没到狂吃的程度，但我觉得这也是一种乐趣，所以去网上看到的或电视上的"散步节目"中发现的店，也挺好玩的。

吃是人的一种自然的欲望。不能总是节约，偶尔吃些能让人放松下来的美味食物，不仅能让肚子满足，还能丰富自己的心情，露出愉悦的微笑。今后哪怕是年纪更大，生活更节俭，也要将这种乐趣保持下去。

周末外餐

浅草隅田川湾岸的时尚咖啡馆——CAF·MEURSAULT。冬季限定的苹果芝士蛋挞。

在骑自行车溜达时发现的一家小咖啡店的咖啡饭。精致的手工料理。

在位于横滨山手的Ehrismann Residence（爱丽斯曼宅邸）里自己DIY的生布丁。

老家的新年会。大家自带食物、使用一次性餐具，感觉很轻松。

每月8日，是筑地玉寿司手卷全品100日元的日子，下班后和同事们一起去。

浅草的法式风味俄罗斯料理店——BONA FESTA。最受欢迎的肉馅白菜卷。

第五章

关于金钱

1

每月用 12 万日元
来安排生活

　　6年前辞去了正式工作之后，做兼职每个月能挣到手10万日元左右。

　　之所以会辞职，是因为还清了公寓的贷款，心情放松下来的缘故。话虽如此，但与"一户建（独院住宅）"不同，公寓需要缴纳管理费和维修基金，所以只要住在这里，这些负担就会持续下去。

　　维修基金方面，入住后这16年的时间里有过大规模修缮，涨过几次价。现在加上管理费，每月支付约2.3万日元。此外，固定资产税每月大约7000日元，合计每月3万日元。

　　用剩下的7万日元生活已经很吃力了。幸好，一年前换了一家公司，工资也涨了，拿到手12万日元左右。除了花费在公寓上的3万日元，水电费、保险、通信费等共计6万日元是固定费用，剩下的6万日元，以现金的形式用于伙食费和其他支出。

停止使用账本，
利用预算制进行粗放管理

自从24岁结婚以后，我一直都在记录账本。

好像有很多人没有记过账本，或即便开始记录也很快会放弃。而我受母亲的影响很大，是看着母亲记录账本长大的，一到晚上母亲就从钱包里拿出收据，在笔记本上详细地写上当天买的东西，噼里啪啦地扒拉算盘。

我一直认为，结婚后就应该跟打扫、洗衣服、做饭一样来使用账本。顺便说一下，同样身为主妇的妹妹也是如此，几十年来似乎也一直在记录账本。

已经89岁的母亲现在依然记录账本，与其说是佩服，不如说是令人尊敬。

想当年，面向主妇的月刊杂志《新年号》上必定会附带账本，我每年都会买这种杂志。每天晚上边看收据边逐项进行记录，例如，猪肉〇〇日元、萝卜〇〇日元、鸡蛋〇〇日元、洗发水〇〇〇日元……每个月做出合计，确认是否有亏空。

几年前的账本。上面记载着想保留下来的记录。朋友送给我的 Dakota 牌笔，非常漂亮的如羽毛笔般的笔套设计。

现在看来，记录账本非常无聊，做了好多无用功，但可以肯定的是自己已经养成了将花过的钱记录下来的习惯。

　　开始一个人生活之后，我没有用太多时间去详细记录，不过，由于养成了习惯，所以在买衣服等花钱较多的时候还是会记录下来。

　　在我辞去正式员工的工作，开始用10万日元过日子时，真的有些手足无措。为了节约、为了能以微薄的收入维持生活，又重新开始记录账本。

　　一年前工资涨了，并且我也学会了每月用12万日元怎么生活，所以从去年秋天开始，我便不再记录账本。取而代之的是，在现金出纳记录本上，每个月将那些自己想留存的购物花销记录下来，例如，美容院、化妆品、衣服和包、外出时的餐饮费、礼品等。

驼色的小钱包是在 DAISO 购买的。这个小钱包放在家里，里面放伙食费，中间有隔层，将纸币和硬币分开。

对生活费预算进行分类

固定费用以外的现金预算是6万日元，其中伙食费2万日元，另外的4万日元在月初分别装入不同的钱包。

伙食费为每天的食材和点心类食品的花销，不包括外餐费用。不再记录账本，钱包也放在家里，每个月看钱包内的余额来使用。

随身携带的钱包里放了4万日元，用于日常零花、外出就餐，偶尔也用于购买衣服和包等。

在超市等购买食材的时候，花掉的部分会从伙食费的钱包里取出进行填补。

我从不带信用卡。不过，忘记带钱包的时候，会使用票夹中的有预付费功能的Suica★卡（西瓜卡）。

　　在网上买东西的时候需要用信用卡结算，每次购物所花的钱都从钱包里取出，统一存入银行账户。这样也能杜绝过度使用信用卡购物的情况。

　　如果预算很少，吃的东西质量就会下降，所以，购物主要以Yahoo为主。

　　但是，如果把钱花在自己愿意做的事情上，即使钱很少，平日的生活也会变得有声有色，不会产生悲观的情绪。由于已经习惯了在固定的预算中生活，所以现在已经没有记录账本的观念了。

　　因为是自己工作赚来的钱，所以我会仔细考虑并以有意义的方式使用它。

★Suica：中文名西瓜卡。是一款用于乘车、购物的预付费式电子货币（译者注）。

水电煤气费

2017年　　　　　　　　　　　　　　　　　　单位：日元

	电费	煤气费	自来水费	燃油	合计
1月	4785	4071		2000	10856
2月	4049	3220	3747	2000	13016
3月	4126	3127		1000	8253
4月	4442	2774	3628		10844
5月	4017	2144			6161
6月	2886	1222	3651		7759
7月	4204	1225			5429
8月	4427	1093	3736		9256
9月	3022	1231			4253
10月	2942	1638	3628		8208
11月	3441	1768		1000	6209
12月	3892	2303	3651	1000	10846
小计	46233	25816	22041	7000	101090
月均	3853	2151	1837	583	8424

2018年　　　　　　　　　　　　　　　　　　单位：日元

	电费	煤气费	自来水费	燃油	合计
1月	5475	2832		2000	10307
2月	4346	2430	3675	2000	12451
3月	3288	2437		1000	6725
4月	2827	1642	3628		8097
5月	3202	1651			4853
6月	3038	1382	3628		8048
7月	4539	1245			5784
8月	5129	969	3628		9726
9月	3327	1112			4439
10月	3059	1258	3628		7945
11月	3508	1692		1000	6200
12月	3894	2570	3651	2000	12115
小计	45632	21220	21838	8000	96690
月均	3803	1768	1820	667	8058

将备用金
作为临时支出

虽然每个月的支出都是根据实际收入来安排的，但实际上花的钱仅仅有这些是不够的。为此，作为备用金，又另存了一笔钱。

从60岁开始，每月会有约5万日元的企业年金（公司养老金）打入我的账户。一年合计约60万日元。我去年离职了，尽管是兼职，我还是从工作了5年的公司拿到了10万日元的退职金。

前年镶牙时的医疗费退补金也退补给我了。

另外，令人高兴的是，妈妈和姨娘都那么大的年纪了，偶尔还会给我零花钱。我把这些钱都作为备用金存了起来。

年份不同，金额差距会很大，去年一年使用的备用金大约是40.5万日元。

应酬交际费10.92万日元

给外甥、侄女的压岁钱，给妈妈、姨娘、妹妹、朋友、儿子们送生日礼物，给母亲和姨娘送中元节、岁末礼品，这些是

今年久违地给自己买了生日礼物。几年前弄丢了一只金耳环，虽然曾经用了一只镀金的，但觉得这个年龄还是纯金的更好。

每年固定的支出，去年给同事送了结婚贺礼，大儿子开始一个人住，给他送了搬家贺礼。

我一直都非常珍视和家人、亲戚、朋友们的交往，觉得他们比什么都重要。不能只是用语言来表达心情，在让对方开心的事情上花些钱也未尝不可。

衣服、包包1.5万日元

平时一直将衣服、包包、鞋子等的花费控制在4万日元的生活费预算之内，但是，因为包包定价很高，所以即便是在MERCARI购买，4万日元的生活费有时也是不够的。

生活用品费、燃油取暖器1.4万日元

因为燃油取暖器出故障了，所以换了个新的。

由于它出故障的时候，恰好我正想买一个小型、不用电的燃油取暖器，以备灾难之用，所以可以说坏的正是时候。

意料之外的开销 ①
卫生间马桶水箱修理5.1万日元

因为水龙头出不了水，觉得可能是污垢造成的，于是对水箱进行了清洗，结果却似乎将不可触碰的开关给弄掉了。水溢出来，连走廊都被水淹了。

我急忙请人来修理水管，更换了零件。

意料之外的开销 ②
义齿的冠桥21.6万日元

6年前给义齿种植了冠桥，其中一颗牙齿在根部裂开了，不得不重新种植。因为牙齿脆弱，所以用了较多的牙桥和植牙，很担心这种情况今后还有可能发生。

从今年4月开始改为每周工作4天，入手的工资也减少了。我打算用备用金来填补生活费的不足。

做好储蓄以便放心进入
仅有退休金的生活

　　说到晚年生活，虽然也会担心自己会生病，但最在意的还是钱的问题。

　　离婚后，在一家公司工作了13年。跟那些20多岁、30多岁的男性职员一起做销售工作，每天都尽心尽力地工作到很晚。虽然是小公司，但在最后的5年，还是得到了大致与工薪阶层的平均年收入相当的薪金。

　　成为正式员工后还有了奖金，起初在妈妈的帮助下，给儿子们交了学费。孩子们毕业后，我开始提前偿还公寓的住宅贷款。之后直到离职，我开始为还清贷款和养老而储蓄。

　　因为有了目标，并且在一个人生活之后还养成了节俭的习惯，所以收入的近一半可以存起来。达到目标金额的时候，就从公司辞职了。也是因为有了这笔存款，因此可以安心地转而从事兼职工作。

　　一想到65岁之后就只能靠养老金生活，就会多少有些不安，更不知道年纪大了之后会发生什么。因为那是为了能安心生活而存的钱，所以在依靠养老金生活之前，一直都尽量不使用那笔存款。

　　我们的父母那一代人似乎都认为谈钱是没有品位的。很多家庭父母去世后，家属们由于不知道存折、印章、房产证、保险单等放在哪里而张皇失措的情况也不稀奇。我的母亲也是其中之一，尽管她的身体现在很好……

　　我已经将存折、印章、保险单和房产证等重要物品的保管场所全部告诉给两个儿子了。

　　我喜欢工作。

　　工作能让自己得到社会的认可，作为等价的报酬我还能赚到钱。从高中的时候开始，如果有想要的东西就去打工，用赚到的钱去买，等到次子上小学后，我开始做兼职，也是因为想赚钱。

　　感觉用自己赚的钱买的东西更值得珍惜，好吃的东西会更美味。

　　因为性格如此，开始一个人生活之后，即便是必须全部靠自己的劳动而生活的时候，也相信总会有办法去解决。

　　并且，到今天为止，虽然换过工作，但遇到困难时也都想办法解决了。从10多岁的时候开始在金钱方面就有自立心，正是这种自立心一直支持着我。

第六章

如何享受自己独处的时光

良好的生活节奏——
周六外出，周日在家悠闲地度过

星期六基本上要么和朋友见面，要么和儿子出去，要么回老家。相反，周日却大门不出二门不迈，大部分时间都是穿着睡衣在沙发上滚来滚去。

简单地收拾和打扫房间后，或看书或看之前录好而没时间看的电视节目来度过周日。

平时工作的疲劳，如果不抽出这样的一天便无法消除，所以，拥有无所事事的一天是非常必要的。大儿子每月大概有两次来我这儿玩，那时也是穿着睡衣，不化妆，跟他一起吃午饭，问问他的近况，看电视，聊聊家常。

因为平时晚上都是一个人，自己便用冷冻食品、三明治等做些简单的饭菜，很多事情都可以轻轻松松地搞定。之后刷写博客，看电视、听音乐，上网搜索自己想要的衣服，不知不觉间4个小时就过去了。一个人也不会感到寂寞。

把床当作沙发，躺在床上看书的时候也很多。在根据自己的喜好布置的房间里休息放松是最幸福的时刻。

每两周去一次
图书馆借书

我本来就喜欢读书，经常去图书馆，但是因为工作太忙，曾经有一段时间完全远离了读书。

大约6年前，辞去了正式工作之后，在找下一份工作时，为了消磨空闲时间，又开始了图书馆之行。

我读的书大多是可以流畅阅读的推理小说、娱乐小说、散文等，但没有固定的类别，往往是凭着直觉去借一些书来读。

在图书馆，可以在杂志角慢慢挑选，还可以借音乐CD，随心所欲地阅读自己喜欢的作家的作品。虽然不能马上读到最新的热门作品，但是因为对那些东西本来也不怎么感兴趣，所以不会影响到我。

常读的是群洋子、垣谷美雨、山口惠以子、平安寿子等同龄女作家的作品。他们的作品均取材于身边的生活，既有亲近感，又有很多发人深思的地方。群洋子的《莲花庄》系列，我反复读了很多遍。

既不花钱，家里也不增加东西，图书馆真是个很棒的地方。想重读某些书的话，还可以再借回来。

在犹豫该读什么的时候，我大多会参考读书博主所
撰写的读后感，然后去借。太田爱先生的作品就是
通过这种方式了解并喜欢上的。

🏠 3

撰写博客 4 年，
它已经成为每天的动力

撰写博客始于我想用它来代替手写的日记。3年前的一个冬天，家里一个使用了9年的冰箱坏了，它的款式是自己所钟爱的，于是我想把更换冰箱的始末记录下来，便尝试使用了博客。

那时恰好是我刚开始整理东西的时候，处理掉衣服、鞋子、包、餐具等一直未用过的东西，想给自己一个干净整洁的生活。

不仅仅是文字，博客还可以留下图像，通过它，可以知道家中物品的变化，从而减少浪费，实现节约。购买的物品、收到的礼物等，文字记录与图像一起上传后，可以做到一目了然。

想要记住的喜欢的衣服和包、买到想要的东西时的心情，以及想要留存下来的重要时刻都可以利用博客记录下来。

和朋友、儿子们一起外出，吃美食，聊天，欣赏美丽的风景，这些快乐的时刻，通过博客记录下来，它们会像相册一样加深回忆，甚至可以代替日记本。

幸运的是我很健康，即使有一些烦恼和愁思，或不开心的事情，也不会影响我每天的工作。虽然一直都厉行节俭，但真的没为钱发愁过。

在博客上，我只写开心幸福的事情，由于想尽早忘却那些痛苦和悲伤，所以尽量不去触及它。

虽然是作为个人的记录而撰写的博客，但是读者一点一点地增多，收到了他们温暖的留言，我能感受到他们在愉快地阅读自己的博文，自己也由衷地快乐。能在网络中和很多人联系在一起，这也会给我带来鼓励，使自己变得积极向上。

去澡堂是冬天
最开心的娱乐项目

二儿子住的房子里只有淋浴而没有浴缸,他对我说,平时很忙,冲冲淋浴就足够了,但在寒冷的冬天会去澡堂。

在我还是孩子的昭和30年代,很少有家庭拥有室内洗澡间,澡堂是人们生活所不能没有的。时隔几十年后想再去看看,于是二儿子就带我去了一次,因而就迷上了。

我所说的澡堂既不是那种带餐厅、剧场等娱乐设施的温泉乐园,也不是宽敞的豪华洗浴,而是位于住宅区的普通大众澡堂。

我在网上搜索了一下附近的澡堂,找到了几家骑自行车可到的澡堂,按顺序转了几处。

现在的澡堂与过去大不一样了,入口处不再有记忆中的高台,收钱或看守的人坐在那里喊着"时间到了"。现在是柜台式的,澡票由自动售票机售卖,更衣室也变成了投币的锁柜。

最令我吃惊的是有的澡堂竟然有好几个浴池,多的地方甚至有10种以上不同特色的浴池。尤其是露天浴池,明明是位于东京市内的平民区,却让人有种置身于温泉旅馆中露天温泉的错觉。寒冷的冬天,迎着北风,望着山谷中的星空,身体暖洋

在为郊游而买的背包里装着去澡堂时所用的洗浴用品，以备随时都能去。

洋的。喷气式浴池、牛奶浴池、扁柏浴池、电热浴池、碳酸浴池……还可以在46℃高温泡澡和冷水浴交替进行。

　　大部分澡堂都是天然温泉水，这一点也是颇吸引人的魅力所在，460日元就能有如此不错的享受。

　　并且，在这里还可以和不认识的人交谈，聊聊家常。无论去哪里的澡堂，都能看到貌似彼此熟悉的老奶奶们亲热地谈笑风生，这都令自己感觉晚年的乐趣又多了一些。

　　逗留了1个多小时，身体从里到外温暖起来，直到骑自行车回到家里，身子也是热乎的。即使是大冬天也不用担心洗澡后着凉。

　　虽然想去温泉旅行，但是对于只会描绘自己的梦想却没有执行力的我来说，现在这已经是很令自己满足的娱乐之一了。

骑自行车远行，
不花钱还能运动

前面也写过，休息日中会有一整天，我会和儿子或朋友们一起在东京市内或近郊散步，或去吃好吃的东西。

60岁时买的御朱印帐*，本来，打年轻的时候起，我就喜欢参观镰仓的神社和寺庙而经常去，但是随着年龄的增长，产生了想要更深入了解的想法。

在我去十二生肖中猴子做守护神的赤坂日枝神社的时候，买了两本御朱印帐。到稍远的地方游玩或旅行的时候，一定会随身携带。

每一处的御朱印帐都很有韵味和个性，每次回看，它都会比照片更鲜明地浮现出当时的情景。我时不时地回看它，期许它会带给自己力量和庇佑。既不花钱，又能让心情得到足够的满足。

和一直陪着自己的次子一起出门时，若是在东京市内，几乎都是骑自行车。

★御朱印帐：是授予寺院参拜者的凭证。在日本观光时，通常在寺庙或者神社购买御朱印帐来收集，可以说它既是一种宗教性质的凭证，也是一种有纪念意义的收藏品（译者注）。

骑自行车漫游

附近河边步游道上盛开的紫阳花。

因为喜欢水边，所以骑车过隅田川也是一种消遣。

在宏大的迪士尼乐园外围驶过时的塔楼的背面。

位于梦之岛热带植物园旁边的梦之岛码头，宛如欧洲的度假胜地。

东京塔。从正下方眺望时，灯光很有震撼力。

夜色下的天空树，流光溢彩。

最近，在市内到处都能看到人们骑着租赁自行车，他们都是出来游玩的。人们去镰仓或早山时，有时也会在车站租一辆自行车。避开拥挤的游客人群，沿着街区的后街骑行是很舒服的。

　　自行车可以随心所欲地行驶，进到胡同里看看，若有什么吸引自己注意的地方，可以随时停下来去观赏。无论是以溜达为目的逛咖啡馆还是去神社，那些步行不及的距离都可以轻松到达，风景也不会像坐在车内那样转瞬即逝，更不用担心是否有停车场。

　　最重要的是，因为自己的脚是燃料，所以不需要花费交通费，我一直认为骑行是最适合运动和节约的最佳爱好。

　　56岁的时候，为了解决工作压力和运动不足的问题，受到儿子的启发，开始了骑自行车远行。说来也怪，也许是因为习惯了，现在能骑行很长的距离。

⌂ 6

满足于眼前的幸福
便无压一身轻

在每天的生活中，总有或大或小的压力，人只要活着，这便是理所当然的事情，要好好思考如何应对压力，处理好跟它的关系。

回想起来，我年轻的时候也会和别人攀比。某人的老公年收入高，某人总是穿昂贵的衣服，某人的孩子成绩好等。和自己身边的人相比之后，便产生了羡慕的心情，最终变成了压力。

当我变成单身之后，在必须靠自己养活自己的境况下，我开始觉得和别人攀比是不幸，且没有意义的，那种攀比之心便逐渐消失了。或许是因为自己有了即使再怎么没钱，也能自己活下去的自信，才会变成这样的吧。

即便如此，每天依然会有来自工作、亲戚、熟人、邻居等人际关系方面的压力。

在工作中，即使是没有多大责任的兼职，为了不犯错，为了不给领导和同事添麻烦而紧张也是一种压力。被委以新工作之后，怎么也熟悉不了也会成为压力。

被要求做棘手的工作，觉得自己被随意使唤，这也是一种压力。在上下班的满员电车里，被人推着、踩着，这些都是压力。

　　我觉得就算是每天都有很多负面情绪和小小的愤怒，但只要每一次都知道哪些是自己的压力，不就没事了吗？

　　我认为，一旦意识到压力，即使很难消除导致压力的诱因，但只要用更多的快乐和消遣来犒劳自己，压力就不会那么可怕了。

　　为此，把家里收拾得干干净净，装饰一些让人安心、治愈心灵的东西或自己喜欢的东西。这样，在家的时候，便是心情平静的时间。

　　幸运的是，现在的我，即使工作累了，回到家也有自由的时间和空间。

　　尽管不能奢侈地生活和游玩，但我知道不花钱的消遣方法，有作为生活之本的工作，有健康的母亲、兄弟、儿子们，也有交心的朋友。

　　这似乎是理所当然的事情，但没有比这更幸福的了。

　　天下没有第二个我，所以我就是我。我开始将目光投向眼前的幸福之后，几乎不会感到有压力的存在了。

第七章

珍惜每一天，优雅地老去

⌂ 1

步行是每天的运动

因为不擅长运动，所以一直也没做什么特别的运动，但可能是急脾气的缘故，总的说起来，大家都说我的动作很麻利敏捷。之所以不觉得走路辛苦，是因为从30多岁开始就一直在做外勤工作。快速步行好像成了习惯。

当时，有员工抱怨说做外勤走路很累，很辛苦，我现在还清楚地记得，领导对这些发牢骚的员工说："大家花钱去健身房，何必呢？走路就是在锻炼腿呀。"

当时我并没有这么想过，但到了这个年纪，我才觉得30~50岁每天因工作而走路对身体非常好。

每个人都希望，尽可能地延缓腿脚随着年龄的增长而衰弱的速度，无论到了多大年纪，都能用自己的脚好好走路。

早晚上下班，从家到车站，下了电车到公司，每天这样的往返需要步行30分钟左右。

走路的时候要注意挺直脊梁。重要的是要穿着走路
不累的鞋子。

即使时间较短，我也认为是一项不错的步行锻炼。

挺直脊梁，以不会觉得尴尬的幅度轻轻摆臂，同时大步快走。为了能够做到这一点，走路时，我选择斜挎的包。

每年在单位例行体检的事前问诊中，有一项是询问走路的速度与同龄人相比是快还是慢。从这个问题来看，我觉得不仅仅是长时间走路，快走也是健康的一个标志。因此，尽管没有特别安排散步的时间，但一个人的时候，除了上班，也会注意快走。

虽然现在的工作是内勤，但我很少长时间坐在椅子上，在楼层间移动时也经常选择走楼梯。因为没有测量步数，所以不知道每天走多少步，但我想应该会走很多。

🏠 2

上网观看广播体操的视频，
想做就做

尽管现在的工作无须做特别的运动，但身体也能够得到锻炼。

不过，由于只是做同样的重复动作，为了活动全身，总想做广播体操，但往往会无意间就忘记了。

因为可以随时在网上看广播体操的视频，所以我想选择在自己喜欢的时间，并在条件允许的情况下做广播体操，并努力使之成为每天的习惯。

大约在10年前，为了弥补运动不足，曾经有一段时间去健身房锻炼，但是，使用机器进行运动不符合我的性格，我喜欢的是草裙舞和瑜伽。

特别是瑜伽，如果是初学者，初级瑜伽并没有激烈的动作，只要掌握正确的呼吸方法，体重自然就减轻了，所以在放弃去健身房锻炼之后，我买了家用的瑜伽垫在家里做瑜伽。当感到身子沉重的时候，我会在晚上边看网上的视频，边做40分钟左右。

我想，今后在感到运动不足的时候，会继续灵活运用网络这个便捷的资源。

幻想着那些退休后要做的事情

无论是金钱方面，还是想参与社会活动的心情，抑或是为了通过动脑来防止老年痴呆，我都想再继续工作一段时间。

另外，我也很期待退休后的百分之百的自由。

最想做的事情依然是旅行。虽然现在也有黄金周、盂兰盆节、正月假期等长假，但是在这些假日出行，到处都很拥挤，旅费也很贵。而在淡季旅行能够控制旅费，不管是国外还是国内，有很多自己想去的地方。

我买了高中教材用的日本版世界地图册。现在仅是查看地图册，梦已飞向了远方。

因为是单身一人，所以不用担心家里没有人。一想到每天都是周日的生活，能有说走就走的旅行，就会兴奋不已。

早上上班的时候，会看到在车站前等候观光巴士的老年人。于是便想，辞掉工作后，一个人参加巴士旅行也很不错。

　　买张青春18车票*，专门选择乘坐慢车出行，然后，在自己喜欢的地方投宿，这也是自己在退休后很想尝试的事情。憧憬着那种不会因明天要工作而匆忙赶回去的生活。

　　另外一件想做的事情是，跟花钱旅行不同，去参加类似日常生活中区内的宣传杂志上所报道的本地老年人的聚会。我想结识新的面孔，享受与他们聊天的乐趣。

　　以前走的只是往返于自己家和公司的固定道路，退休后也可以改走岔道，溜溜达达地去寻找既便宜又好吃的餐馆。也期待着能够乘坐电车走得更远一些，例如，去东京市内或参观近郊的神社佛阁。

★青春18车票：在20世纪80年代初，日本国有铁道为了增加营收，针对学生放长假的期间，推出周游券以鼓励搭乘火车旅游。虽名为"青春18"，不过并不限制购票者的年龄，但也不设儿童优惠票价（译者注）。

另外，如果可以的话，我还想再练习一下小时候曾经学过的钢琴。在30多岁的时候，我曾经买了一架电子琴，自己练习过。

现在可能连音符都看不懂了，手指也不那么灵便了，但使用指尖似乎对大脑也有好处。虽然以后不会买钢琴，但一直想在某家出租的排练室进行练习。

有很多方法可以用最少的钱来使自己快乐。以"麻烦"为借口的我，似乎上述的种种都只是想想而没有付诸行动。但是，哪怕只是抱着"总有一天（会实现）"这样的心情去幻想，也会度过快乐的时光。

若想跟人聊天，
方式有很多

由于我现在还在工作，只要一上班，午休时间就会和同事们闲聊。休息日，大多会定期地与儿子们或朋友们见面、闲聊，或长时间地喝茶聊天。

完全不说话的日子很少。相反，我甚至觉得和谁都不说话的日子也很重要。但是，几年后退休的时候，如果休息日和以前一样度过，而平时只要自己不主动行动，那么，和谁都不说话的日子会越来越多。

当自己想和谁说话的时候，尽管也有在LINE上以"你好！"为开头的谈话方式，但我更喜欢直接见面谈话。那时，我想我会通过社交网络，寻找不同的聊天对象。

我目前是SNS网站"业余爱好者俱乐部"的单身女性社区的成员。大约在9年前就入会了。

成员们的境遇各不相同，离婚、死别、未婚等，虽说是女性，但也仅限于60岁年龄段。彼此都不知道对方的本名和地址，虽然这是一种与生活中的朋友有所不同的交往，但可以说真心话。

业余爱好者俱乐部

每月会有一次午餐会，虽然不是每个月都参加，但是大家会聊一些只有同代人才经历过的有关工作、疾病、养老金、旅行和美味料理等话题。

　　每次参加，我都会开心地笑，浑身充满了活力。

　　如果有时间，我也想找更多的其他交流社群，比如散步和美食会等。这样的活动，参加以后如果觉得不适合自己便可以退出，没有束缚、很自由。

　　我认为，通过参加本地宣传杂志上常报道的免费讲座等，来结识当地的朋友，也是轻松寻找谈话对象的好方法。我想在以后有时间了就开始做这件事。

🏠 5

担心晚年也无用，
只需要过好今天

　　我一直认为，与其因考虑未知的将来而担心，倒不如过好今天，因为现在每一天的积累与晚年有着紧密的联系。

　　无论是还很遥远的80多岁，还是即将到来的70多岁，我都没怎么考虑过。我觉得这些事情即使想也没用。

　　当我跟妈妈抱怨自己岁数大了的时候，妈妈总会说"年纪轻轻的说什么呢"。在89岁的母亲眼里，我还年轻。

　　母亲自父亲去世以后，一个人生活了10多年。由于腿脚有些不灵便，所以不能自由地外出，但是每天早上都认真地看报纸，如果发现有想看的电视节目就用红铅笔做上记号，记下来。她均衡饮食，吃自己喜欢的东西和对身体好的东西，洗衣服和打扫等活儿都亲力亲为。

　　天气好的时候，她会在附近散步，用手机拍花的照片，或很享受地向远处眺望。我有时也会想，自己也会这样度过晚年吗？

目前，母亲还没有得到介护*认定，她毅然决然地说绝不进养老院。如果自己的晚年也这样就再好不过了，依稀觉得现在的住所就是自己最后的栖身之家。

不过，当看到朋友的父母们的生活状态，也会担心自己能一个人生活到什么时候。

不论是金钱还是体力，我都不想给儿子们添麻烦。如果实在没有办法，可能会进养老院。

到了那时候，我会将这个房子卖掉，虽然很微薄，但我想把它存起来用于养老。

这几年来，每逢生日，经常会想起几年前的电视剧《倒数第二次的恋爱》中的台词。

★介护：看护、照顾的意思。介护是指以照顾日常生活起居为基础，为独立生活有困难者提供帮助。所谓介护认定，就是按照日本介护保险制度，保险人判断被保险人是否真实需要看护服务的一个认定（译者注）。

　　主演小泉今日子46岁生日那天，在邻居家给她开的惊喜派对上，在插着46根蜡烛的蛋糕前，她说，都这个年纪了还庆祝生日，实在是难为情。剧中饰演邻居的中井贵说出了下面的台词："过生日时要庆祝两件事。一个是庆祝你出生在这个世界上。另一个是庆祝你还好好活着。说什么自己岁数大了，讨厌过生日，不吉利，这种想法绝对有问题。越上年纪，生日越是可喜可贺。比起20岁的生日，46岁的生日更精彩，很多的蜡烛就是你努力过的证明。"

　　体力也消失了，记忆力接近零，做事情不能硬来了。有时也有对晚年的身体和金钱方面的担忧，事实也的确是这样。不应该对上了年纪感到悲观，生日是应该高兴的日子，这是一句在母亲生日时一定会说的话。

后 记

我从小就不擅长将自己的想法写成作文或读后感，但是却有用日记和家中的账本将自己的生活记录下来的习惯。

由于用电脑打字，活动手指可以预防老年痴呆，于是从60岁开始撰写博客。

去年秋天，已经习惯写作的我，接受了Mook*（杂志书）《充满魅力的单身生活》（宝岛社）的采访。与一些60岁以后的知名人士一起被该杂志书进行了报道。

这引起了SUBARU出版社编辑的注意，跟我谈了关于图书出版的一些事情。

不擅写作的我始终觉得一个人完成一本书是非常困难的，但在对方那句"我会尽最大的努力支持你"的话语的激励下，尽我所能地开始了写作。

★Mook：杂志书。Mook是一个英日复合的组合单词，即将杂志（Magazine）和书籍（Book）合在一起，成为独具魅力的Mook（杂志书）。日本人所创造推广的一种新文化商品，其性质介于Magazine和Book之间，故而简称为Mook，就是把杂志以书的形式发表，没有杂志的时间限制，一般一本书就是一个专题（译者注）。

在此期间，摄影师进行了两次拍摄。

我和编辑们一起热烈讨论专业摄影师给我拍摄的那些有气氛的漂亮照片。休息时，我亲自下厨做饭，我们度过了一段愉快的时光。

开始写的时候，想写的东西不断涌现……一边回顾63年的人生，一边模糊地描绘着现在的生活以及对今后生活的准备。

字数超出了预期，在编辑时也颇费了一番工夫，但是，这本付梓的书却成了我的宝贝。

虽说人生有高峰也有低谷，但现在过的是一个平凡的60多岁的单身者的日常生活。

之所以能长期坚持撰写博客，是因为有很多热心的读者，大家读得很开心，有时也会在我的博客上发表温暖的评论。借此机会表示衷心的感谢。

58 SAI KARA HIBI WO TAISETSUNI CHIISAKU KURASU by Shokora

Copyright © Shokora, 2019

All rights reserved.

Original Japanese edition published by Subarusya Corporation.

This Simplified Chinese language edition published by arrangement with Subarusya Corporation, Tokyo in care of Tuttle-Mori Agency, Inc., Tokyo through Shinwon Agency Co., Beijing Representative Office.

©2021，辽宁科学技术出版社。
著作权合同登记号：第 06-2020-227 号。

版权所有·翻印必究

图书在版编目（CIP）数据

58 岁，幸福的生活才刚刚开始 /（日）肖珂拉著；
张军译 . —沈阳：辽宁科学技术出版社，2022.1
ISBN 978-7-5591-2290-2

Ⅰ . ①5… Ⅱ . ①肖… ②张… Ⅲ . ①随笔—作品集—日本—现代 Ⅳ . ① I313.65

中国版本图书馆 CIP 数据核字（2021）第 197666 号

出版发行：辽宁科学技术出版社
　　　　　（地址：沈阳市和平区十一纬路 25 号　邮编：110003）
印　刷　者：辽宁新华印务有限公司
经　销　者：各地新华书店
幅面尺寸：145mm×210mm
印　　张：5.75
字　　数：200 千字
出版时间：2022 年 1 月第 1 版
印刷时间：2022 年 1 月第 1 次印刷
责任编辑：朴海玉
版式设计：袁　舒
封面设计：袁　舒
责任校对：闻　洋

书　　号：ISBN 978-7-5591-2290-2
定　　价：38.00 元

联系电话：024-23284367
邮购热线：024-23284502